„TraveSünde"
Aus dem Inhalt:

Rituelle Morde in Travemünde, Intrigen und verwirrende Szenarien, stellen die POK Stina Wallison und ihre Kollegen vor unlösbare Rätsel. Eine Reise ihres Freundes Jörg Illmer, zu den Göttern nach Bali, bringt Erleuchtung. Können die Götter Balis eine Absolution erteilen ?

Impressum:
Autor + Herausgeber: **Guido Bleil**

1.Auflage: **Juli-2017**

Herstellung und Verlag:
         BoD - Books on Demand, Norderstedt

ISBN: **9-783744-801423**

Bereits erschienene Romane des Autors:

Der Passatmörder (2010)
         - ISBN 9-783839-183946 ➜ Paperbook
         - ISBN 9-783842-398474 ➜ e-Book
Engel von Travemünde (2011)
         - ISBN 9-783842-351004 ➜ Paperbook
         - ISBN 9-783844-859072 ➜ e-Book
Trave-Nebel (2012)
         - ISBN 9-783848-212927 ➜ Paperbook
         - ISBN 9-783844-839487 ➜ e-Book
Trave-Kristalle (2013)
         - ISBN 9-783732-234189 ➜ Paperbook
         - ISBN 9-783732-218141 ➜ e-Book
Travemünde Komplott (2015)
         - ISBN 9-783738-617078 ➜ Paperbook
         - ISBN 9-783739-273358 ➜ e-Book
Quallenpest von Travemünde (2016)
         - ISBN 9-783738-629255 ➜ Paperbook
         - ISBN 9-783741-230615 ➜ e-Book

„Karma ist keine Menüfolge. Du bekommst das serviert, was Du gesät hast." (*unknown*)

„Es gibt nur eine Zeit, in der es wesentlich ist aufzuwachen. Diese Zeit ist jetzt." (*Bhudda*)

Liebe **Käufer (!)** und liebe **Leser**,

dies ist nun der **siebte** abgeschlossene Fall rund um die Polizeioberkommissarin (POK) Stina Wallison und dem mysteriösen Jörg Illmer. Tauchen sie mit ein in die Welt rund um das Ostseeheilbad **Travemünde** und der indonesischen Insel der Götter: **Bali**.

Im Übrigen gilt mein Dank wie immer ausschließlich Ihnen, denn Sie geben mir den Spaß und den Anstoß weiter zu schreiben und die Möglichkeit, aufgrund der Verkäufe, zu reisen... ☺

So mancher Roman kann allerdings, aufgrund von realen Begebenheiten dazu verleiten, der Story Glauben zu schenken. Aber bitte, auch wenn viele Fakten zutreffen, halten Sie es in diesem Fall wie der derzeitige amerikanische Präsident Donald Trump es 'überzeugend' formulieren würde: die Handlungen und die Personen sind **alle frei erfunden.** ☺

Viele beschriebene Ortsangaben werden Sie auch in der Realität wiederfinden. Nehmen Sie die Angaben **nicht** als Navigationshilfe. Sollten Sie sich aufgrund der Beschreibungen verlaufen, so **übernehme ich als Autor dafür keinerlei Haftung.**
Es ist nur ein Roman ☺

Für etwaige, eingeschlichene Fehler, bitte ich um gütige Nachsicht. Sollten sie in der Interpretation liegen, so bin ausschließlich ich dafür verantwortlich.

Guido Bleil / Juli-2017

Danksagung / Steilvorlagen ☺

Meine Bücher werden zwar von mir verfasst, aber in der Regel gibt es viele kleine und große Helfer, die zum Ganzen beitragen – wissentlich sowie auch unwissentlich. Das ist auch gut so !

Das Leben schreibt die besten Geschichten und somit bedanke ich mich an dieser Stelle bei allen, die mir wieder Informationen und **Steilvorlagen** geliefert haben, welche zum Teil in dieses Buch mit eingeflossen sind. Sollten Sie sich „ertappt" fühlen.., nun gut, **herzlichen Glückwunsch** ! Sie fielen temporär irgendwie aus dem „grauen" Raster der „unscheinbaren" Masse, im positiven ebenso wie vielleicht auch im negativen Sinne. Ich benötige beide Varianten, nach dem Motto: *„Es gibt gut eingekleidete Dummheiten, wie es gut gekleidete Dummköpfe gibt !"*

Weiter gilt mein spezieller Dank:

dem Mediengestalter **Jan Ole Bleil**, Hannover,
dem Kommissar **Detlef Schubert**, Bremen,
Für die Feinheiten besonderen Dank: **Klaus Both**, Cuxhaven

Location im Buch:
-Travemünde
-Lübeck
-Bali + Gili Air/Lombok - Indonesien

Prolog

Rund zwanzig Kilometer vom Lübecker Holstentor entfernt, liegt der Stadtteil Travemünde, welcher durch den Welterfolg des Thomas Mann Roman ‚Buddenbrooks', eine überregionale Bekanntheit erlangte. Schon früh erfreuten sich erholungssuchende Großstädter an dem abwechslungsreichen Seebad, mit dem tollen Blick auf die Lübecker Bucht. Direkt an der Bucht gelegen und zusammen mit der Halbinsel Priwall, schwärmen nicht nur die knapp 13.500 Einwohner vom ‚schönsten' Teil Lübecks. Die Geschichte der „Schönen" reicht bis ins zwölfte Jahrhundert zurück. Der ursprüngliche Gründungsort liegt an der Trave bei Dummersdorf, wo heute ein Naturschutzgebiet ausgewiesen ist und nur noch ein Gedenkstein daran erinnert.

Nicht nur zahlreiche Prominente haben diesen Ort für sich entdeckt, sondern hunderttausende von Besuchern steuern diesen Ort gezielt an, um sich am und im Wasser zu erfreuen, in den zahlreichen Cafes und Restaurants zu verweilen, die Seele baumeln lassen oder gefühlt, den Kapitänen der großen Fähren die Hand zu reichen. So nah kommt man nirgendwo den schwimmenden Riesen.

Wenn auch der politische Filz in Lübeck unübersehbar ist, lässt es sich hier zur Zeit noch wunderbar leben.

Meistens zumindest...

001

Travemünde, Schleswig-Holstein
Mi-09.August-2017

„Die Rache ist mein, ich will vergelten, spricht der Herr." (5.Mose 32.35)

Obwohl der Mond sich bereits in der abnehmenden Phase befand, erhellte er den Priwall beinahe wie eine Flutlichtanlage. Vor zwei Tagen erreichte der erdnahe Trabant optisch seine volle Größe, war allerdings meist von Wolken verdeckt. Diese Nacht suchte man vergebens nach Wolken und bei den angenehmen Temperaturen saßen noch viele Menschen am Strand oder auf ihren Booten im Passathafen und schauten in den sternenklaren Himmel.

Aufmerksame Beobachter entdeckten hin und wieder Sternschnuppen. Für die Perseiden, dem jährlich wiederkehrenden Meteoritenschwarm, war es noch drei Tage zu früh. Erst am 12.August, sollte es vor allem in den Morgenstunden, zu einem Himmelsspektakel von bis zu 140 Sternschnuppen pro Stunde kommen, sofern die Wolken nicht wieder den Himmel zudeckten. Dem Blick in die Vergangenheit, Gegenwart und zugleich in die Zukunft haftet immer etwas mystisch an. Die Romantiker unter den Beobachtern liefen bei Mondschein stets zur Höchstform auf.

Die flackernden Kerzen im großzügig und aufwendig ausgebautem Haus auf dem Priwall, nur einen Steinwurf von der Trave entfernt, tauchten das Billardzimmer mit seinen drei ledernen Clubsesseln, ebenfalls in ein warmes, romantisches Licht. Das grüne, belgische Filztuch des Spieltisches harmonierte hervorragend mit den cremefarbenen Sesseln und dem gediegenen, fast strahlendweißen Berberteppich. Über dem

Billardtisch hing eine original ‚London' Leuchte aus feinstem italienischem Messing, mit insgesamt drei grünen Glasschirmen. Passend dazu zierten die beiden langen, fenster- und türlosen Wände, vier große Gemälde von Jackson Pajunk, einem Hamburger Künstler, dessen Bilder rasch an Wert gewannen. Der Betrachter fand in seinen beschwingten Werken ständig neue Details. In diesen Bildern kann man eintauchen und die Welt, das Leben und den Kosmos wiederfinden. An der schmalen, fensterlosen Stirnseite, hing ein balinesisches Bild, mit einem einzigen Zeichen darauf. Einem Om, eine Silbe, die bei Buddhisten und Hindus als heilig gilt. Das bekannteste Om-Zeichen in der Devanagari Schrift wird oft als Symbol des Hinduismus wahrgenommen.

In diesem Fall handelte es sich jedoch um das Bali-Om. In der Ausprägung stark abweichend, doch von der Bedeutung her gleich. Der balinesische Hinduismus hatte sich schon vor rund 700 Jahren vom indischen abgekoppelt und eine eigene Entwicklung durchlaufen. Vom reinen Glauben wandelte er sich durch Druck der Regierung zu einer Religion. Die Balinesen glauben an die Reinkarnation und arbeiten ständig an der Verbesserung ihres Karmas. Nur mit gutem Karma besteht die Möglichkeit einer Wiedergeburt in der nächsten, höheren Ebene.

Der ganze Raum strahlte gediegene Harmonie und Frieden aus. Ganz klar war hier die Handschrift eines Innenarchitekten, oder eines Menschen mit ausgeprägt gutem Geschmack, erkennbar.

Bis hier hin...

Bis auf zwei unübersehbare Makel.

Zum einem störten die scheinbar willkürlich verteilten, noch die rot glänzenden Farbkleckse auf dem weißen Berberteppich und zum anderen wollte der blutleere, leblose Körper auf dem Billardtisch, nicht zu den Vorstellungen eines gelungenen Spielabend passen. Das konnte das warme Licht der Kerzen auch nicht ausgleichen.

Leise wurde die schwere Zugangstür geschlossen. Kurz vor Mitternacht.

002

Die Meeresschildkröte schwamm in ruhigen Bewegungen aus der Tiefe direkt auf mich zu, und etwa einen Meter vor mir legte sie sich in eine seichte Kurve, um mich nicht zu touchieren.

Nach weiteren drei, vier Metern ließ sie sich das, knapp ein Meter lange Tier, langsam auf einer Tischkoralle nieder. Es schien ein ausgewachsenes Tier zu sein und brachte gut und gerne mehr als siebzig Kilogramm auf die Waage. So eine Karettschildkröte ist vom aussterben bedroht und muss von den Menschen geschützt werden. Aufgrund ihres Fleisches, ihrer Eier und besonders wegen des Schildplatts, wurde diese Art besonders bejagt.

Hier auf Gili Meno, zwischen Lombok und Bali, gehen diese Meeresschildkröten zur Eiablage an Land. Wenn man sich als Taucher in ihrem Revier respektvoll bewegt, verlieren sie ihre Scheu, schwimmen ein wenig neben einem her und lassen sich in Ruhe im angestammten Lebensraum beobachten. Heute war ich alleine mit meinem aus Paris stammenden Guide Mehdi Malcom, der seit Jahren auf den Gilis lebt und bei den Gili Air Divers arbeitet, auf zweiundzwanzig Meter Tiefe unterwegs. Im Gegensatz zu gestern war die Sicht heute ausgezeichnet. Dennoch hatten wir bisher jeden Tag Schildkröten angetroffen. Manchmal sechs oder sieben auf einmal. „Du hast richtig Glück, York" sagte der Guide

Mehdi lenkte meine Aufmerksamkeit auf einen Punkt. Angestrengt versuchte ich auszumachen, was er mir zeigen wollte. Die leuchtend, blau-gelbe Nacktschnecke zum Beginn des Tauchgangs, erblickte ich auch erst nach einer Weile. Sie ist allerdings auch nur knapp einen Zentimeter klein gewesen. Die verschiedenen Muränen in den Korallen auszumachen, bereitete mir mittlerweile keine Schwierigkeiten mehr.

Ich blickte konzentriert auf die Korallen in der angedeuteten Richtung und scannte Koralle für Koralle. Ich sah die üblichen Rifffische in Bewegung. Ansonsten entdeckte ich nichts Außergewöhnliches. Ein Blick auf das Finimeter zeigte mir 150 Bar an. Alles gut. Mit 220 Bar begann der Tauchgang und ab 80 Bar wollten wir austauchen, sodass wir an der Wasseroberfläche mit noch 50Bar Sicherheit auftauchen würden. Ich sog das Nitrox-Atemgemisch (in diesem Fall ist der Sauerstoffanteil höher als normale Luft: 32% anstelle 21%), in regelmäßigen Atemzügen durch meinen Lungenautomaten ein. Mit Nitrox ist das Tauchen ermüdungsfreier, allerdings kann man hiermit nicht viel mehr als 30 Meter tief tauchen. Danach wird das Gasgemisch toxisch.

Die Unterwasserkamera blinkte im Powermodus und meine Atmung war gewohnt ruhig. Nur meine Augen tasteten immer noch vergeblich den Korallengarten nach einer Besonderheit ab. Jetzt bildete sich auf der Netzhaut eine ungewöhnliche Bewegung ab. Ich konnte sie aber nicht wirklich erfassen und verarbeiten. Zu kurz war der Eindruck. Vielleicht hatte ich mich getäuscht? Doch nur einen Moment später entdeckte ich ein ‚glotzendes' Auge. Eine der festen Korallen fing an zu bewegen !

Es schien, als wenn sich die Koralle auflöste und sich Sekunden später an anderer Stelle wieder verfestigte. In anderer Form und Farbe. Gleich darauf noch einmal. Ein Kraken. Ein großer Kraken mit beinahe 50 Zentimeter Körper und entsprechend langen Tentakel. Fasziniert schaute ich dem Spiel vom Auflösen-Bewegen-Verschmelzen zu. Dabei nahm der Kraken nicht nur die Farbe des jeweils neuen Untergrunds an. Er bildete auch die Form der unterschiedlichen Korallenarten eins zu eins nach. Sensationell !

Mit seinen großen Augen schaute er uns an und es gelangen mir ein paar sehr schöne Fotos. Wir wohnten diesem Treiben noch weitere fünfzehn Minuten bei, bevor wir uns weiter mit der seichten Strömung im Riff treiben ließen. Nach den entsprechend vorgegebenen Dekompressionsstopps, bliesen wir an der Wasseroberfläche unsere Tarierjackets auf, um entspannt auf das Tauchboot zu warten. Ich hatte noch 70 Bar Restluft. Mehdi 110 Bar. Keine Ahnung, wieso er so wenig Luft verbrauchte. Vielleicht setzte seine Atmung unterwegs aus. Eben ein Profi.

Das mir, mit meinen über einhundert, meist spektakulären Tauchgängen, die Begeisterung anzumerken war, wird niemanden verwundern, aber auch die Augen des Guides sprühten vor Begeisterung. Während der zwanzig Minuten Rückfahrt ließen wir den Tauchgang noch einmal Revue passieren. Mehdi entledigte sich seines fünf Millimeter Neoprenanzuges, während ich nur mein nasses Lycrashirt gegen ein trockenes austauschte. Bei warmen achtundzwanzig (!) Grad Wassertemperatur, auf dreißig Meter Tiefe, brauchte ich keinen Neo. Deshalb tauchte ich nur in tropischen Gefilden. Der Fahrtwind kühlte die Außentemperatur von 32° auf angenehme 25° runter.

Heute war dies unser zweiter erfolgreicher Tauchgang. Wir beschlossen an Land von Gili Air, in der Beachbar des Sunrise Resort, ein Dekobier zu trinken. Das kühle Bintang Bier schmeckt süffig. Die indonesische Brauerei wurde 1929 während der niederländischen Kolonialherrschaft gebaut. Eine der größten Brauereikonzerne der Welt, Heineken, ist mittlerweile der Besitzer von Bintang.

Wir nahmen jeder auf einem breiten, chilligen Loungemöbel Platz und blickten auf den feinen, weißen Sandstrand und dem smaragdfarbenen Meer in Richtung Lombok, mit seinen Vulkanen. Paradiesisch !

Eine freundliche Servicekraft stellte uns zwei geeiste Bierglashumpen auf den Tisch und füllte die Gläser. Sofort beschlug die Glaswand. Wir nahmen die Getränke in die Hand, stießen mit den Gläsern zusammen, sodass ein dumpfes ‚Klock' ertönte und setzten zum Trinken an. Bevor der kühle Gerstensaft meine Lippen berührte, wachte ich auf.

Sch.....!

003

Die RIB-Boot Besatzung der Travemünder WaschPo fuhr so langsam auf der Trave, dass sie sogar von der hundertneunzig Meter langen TT-Line ‚Nils Holgersson' überholt wurde.

Das dumpfe Wummern der fast 30.000 PS starken Motoren, legte sich wie ein unsichtbares Tuch über die Stadt. Auf dem Fährschiff, das zwischen Travemünde und Trelleborg pendelt, befinden sich 2.685 Lademeter, die 540 PKW aufnehmen können. Die Besatzung von 56 Personen betreuen bis zu 744 Passagiere, welche in Kabinen unterschiedlicher Kategorien untergebracht sind. Ein Restaurant, Lounge, Kino, Fitnessbereich mit Sauna und ein Spielkasino, versüßen den Gästen ihren Aufenthalt während der Überfahrt von sieben bis knapp zehn Stunden.

Es war jedoch eher das Kreischen der Möwen, was die Aufmerksamkeit der beiden Beamten nicht sofort auf die hysterisch schreiende Frau lenkte.

„Malte, schau mal nach Steuerbord. Diese Person dort benimmt sich aber ganz seltsam. Steuer mal zu der Uferbefestigung. Das überprüfen wir mal." Die vierundvierzigjährige Polizeioberkommissarin Stina Wallison, nahm das Handfunkgerät und verständigte kurz die Einsatzzentrale, während ihr Kollege Polizeimeister Malte Scheel den Gashebel des leistungsstarken Schlauchbootes kurz nach vorne drückte und mit Schwung längsseits zur Uferkante ging, um gleich darauf wieder aufzustoppen.

Wallison sprang federnd an Land und bewegte sich auf den Maschendrahtzaun zu, hinter dem eine korpulente, etwa dreißigjährige Frau, wild gestikulierend und in höchsten Tönen kreischend, stand. Stina Wallison versuchte die Frau zu beruhigen vor allem überhaupt zu verstehen, was sie wollte. Wahrscheinlich Afrikanerin vermerkte sie für sich, aufgrund des Aussehens. Die Sprache war ihr vollkommen fremd.

Mittlerweile stand Malte Scheel neben ihr. „Die ist ja vollkommen durchgeknallt" bemerkte er trocken. „Da sollten wir lieber einen Arzt anrufen."

Wallison ging nicht weiter auf seine Bemerkung ein. „Ich glaube, sie will uns etwas zeigen. Komm mit." Mit einem gehockten Sprung setzte sie über den Zaun, während Malte sich ein wenig abmühte. In letzter Zeit trieb er nicht mehr so viel Sport. Dafür gab es mehr Pizza und Bier. „Zu viele Kumpels, zu wenig Frauen" stöhnte der Polizeimeister und versuchte den Abstand zu den beiden enteilten Frauen zu verringern.

Keuchend erreichte er die offene Haustür, in der wohl beide verschwunden waren. Sicher war er nicht, aber das Gekreische wies ihm den Weg. Auf halben Weg kam ihn seine Kollegin wieder entgegen.

„Malte, rufe die Kollegen. Das ganze Programm. Hier können wir nichts mehr tun. Allenfalls Spuren vernichten. Wir sichern erst einmal das ganze Grundstück und die Frau braucht dringend medizinischen Beistand."

„Was ist passiert?"

„Das kann ich so noch nicht beantworten. Auf jeden Fall haben wir eine nackte männliche Leiche, ca. Mitte dreißig, weiße Hautfarbe. Die Augenhöhlen sind leer und ein Pflock steckt im Brustkorb, in Höhe des Herzen."

„Verdammt!" entfuhr es PM Scheel.

004

„Oh man, York! War dies ein schöner Traum. So real."

Mein letzter Bali Urlaub hatte mich im positiven Sinne heimgesucht. Gerne wäre ich wieder dort. Es gibt Schlimmeres, als nur davon zu träumen. Die Realität hatte mich nun wieder. Die war schlimmer.

Auf den angenehm warmen Relaxsteinen im a-ROSA Saunabereich musste ich eingenickt sein. Mein Kopf brummte ein wenig. So ein dumpfes Drücken an der Schädeldecke. Obwohl ich mich nicht so richtig erinnern konnte, schien ich mein Fitnesstraining ein wenig übertrieben zu haben.

Noch müde und wie im Nebel, nahm ich mit dem Fahrrad den Weg vom a-ROSA entlang der Strandpromenade, zur Nordermole. Den Blick auf die Lübecker Bucht gerichtet, wo im Moment nur zwei Angelboote im Sonnenlicht dümpelten und den grünen sowie roten Fahrwassertonnen Gesellschaft leisteten, empfand ich immer wieder als wohltuend. Die Weite und Mächtigkeit des Wassers lösten in mir ein unbeschreibliches Glücksgefühl aus. Ein Gefühl, so wie es früher einmal an der Tagesordnung war.

Langsam ließ ich den Blick vom Möwenstein, von links nach rechts schweifen. Die Küste von Mecklenburg-Vorpommern und der Priwallstrand kamen in den Blick.

Ab da bekam ich immer eine Halsstarre. Nicht, dass ich

einen steifen Hals hatte oder gar einen angeborenen Halswirbeldefekt. Nein. Ich wusste einfach, was gleich in den Blickwinkel kam. Die Würfel.

Die Würfel, welche die Politik in höchsten Tönen gelobt und sich entgegen den Widerstand der Priwallaner, welche dort schließlich auf der Halbinsel wohnten, durchgeboxt hatte. Das Bild des Priwalls wandelte sich durch dieses riesige Bauprojekt, von einem grünen Juwel zu einem Betonpark, der in jeder Großstadt zu finden ist. Die Stadt Lübeck hielt bei der Vergabe des Grundstücks alle Trümpfe in der Hand und verspielte eine einmalige Chance, auf ein wirklich schönes, ökologisch nachhaltiges Bauprojekt, mit Alleinstellungsmerkmal. Die Verschalungen an den Betonwürfeln änderten nichts an diesem kalten, dazu noch selten mit Leben gefüllten, architektonischen Missgriff.

Ich versuchte erst gar nicht, mir diesen kantigen Bildausschnitt, welcher der Viermastbark ‚Passat' ihren Stolz nahm, aufzuzwingen. Stattdessen radelte ich auf der Mole zurück in Richtung Vorderreihe.

Auf Höhe des im Volksmund ‚umgefallenen und halbierten' Maritim, auch so eine eckige Baumaßnahme, verringerte ich meine Geschwindigkeit. Aus der siebziger Jahre Bausünde Maritim hatten die Stadtplaner und Architekten gelernt. Allerdings nicht viel. Mangels genügend Fantasie, griffen sie wohl auf die alten Maritimpläne zurück, legten das Hochhaus quer vor das Maritim Hotel und teilten es einmal mittig. Fertig war etwas, laut Investoren, Politik und Planern, etwas Einzigartiges. „Wir führen Travemünde in die Zukunft" lautete ihr gemeinsames Credo. Hierdurch wandelte sich der einstige Charme Travemündes, in den Charme von eckigen Bunkern. Den einzigartigem Charme von modernen Plattenbauten. Chapeau!

Mein Fahrrad hatte ich nun soweit abgebremst, dass ich direkt an dem Kontrollposten 3.1 an der Personenfähre zum Halten kam. Ich hielt meinen Bewohnerausweis mit Lichtbild und Daumenscan vor den Bildschirm des Automaten.

14

Das rote Blinklicht sprang, ähnlich wie bei einer Ampel, auf grün und ich durfte die Panzerglasschleuse passieren. Die zwei diensthabenden, schwer bewaffneten Sicherheitsleute blickten starr durch mich hindurch.

Mittlerweile besaß Travemünde im Stadtkern 17 dieser Kontrollpunkte. Ohne den entsprechenden Sicherheitsausweis war es nicht möglich, sich in dem kleinen Ort zu bewegen. Jeder der rein wollte und jeder der raus wollte, musste sich checken lassen. Da die Diskrepanz zwischen Arm und Reich im Land mittlerweile erschreckende Ausmaße angenommen hatte, errichteten die Reichen, mit Hilfe von Geld und der Politik, immer mehr ,Oasen der Ruhe' ein. Eine renommierte Marketingagentur betreute diese Projekte in der Außendarstellung. Abgeschottet vom Pöbel, bewegten sich die ,Auserwählten' meist unter sich. Den noch wenigen Ortsansässigen machten sie das Leben durch ständig steigende Mieten täglich schwerer. Die Angestellten der Geschäfte und Restaurants durchliefen ein intensives Ausleseprogramm.

Die Sonne ließ sich hierdurch nicht beirren und erwärmte die Luft schon seit Stunden. Das offizielle Thermometer zeigte bereits 23°C an. Es war gleich acht Uhr dreißig. Auf der Straße waren schon die ersten Menschen unterwegs. Die Damen, meistens über siebzig, in sündhaft teuren Garderoben der angesagten Modelabels, die wenigen Herren in betont sportlich, maritimen Outfit gekleidet sowie die passenden Hunde, in jeder Größenordnung, mit jeder Menge Sarovski Accessoires, säumten den penibel gesäuberten Bürgersteig der Vorderreihe. Viele der ehemals wunderschönen Häuser waren, aus dubiosen Gründen, durch eckige Gebäude ersetzt worden. Dies zog sich nun durch bis in den Fischereihafen. Den ehemaligen wohlgemerkt, denn die Fischer waren längst vertrieben. Dafür gab es dort nun ebenfalls Würfel, der zuvor beschriebenen Art. Kalt und ausdruckslos. Schlichtweg eine riesengroße Sünde.

Allein das Eiscafe Cayade in der Vorderreihe trotze dieser Entwicklung und bewahrte sich seiner Wurzeln. Hier trank ich morgens gerne meinen Capuccino – auch wenn der Blick auf die andere Seite des Priwalls, sich mittlerweile grauenhaft darstellte.

Das Cafe war wie immer schon geöffnet und musste in den letzten Tagen eine neue Terrassenbestuhlung bekommen haben. Ich nahm an einem Zweiertisch Platz. In etwa auf der Höhe, wo ich meistens saß. Die aktuelle Tageszeitung lag auch schon auf der Tischplatte. „Sehr aufmerksam" dachte ich. Vier Tische weiter saßen bereits zwei Damen vor einem Glas Champagner. Mein XO, mit dem ich hier frühstücken wollte, musste jeden Moment dazukommen. Eine mir unbekannte Servicekraft kam mit leerem Blick, jedoch in einer sehr hochwertigen, schwarzen Arbeitskleidung zu mir an den Tisch. Gerade, indem ich die Zeitung in Augenschein nehmen wollte.

„Sie haben reserviert..?" näselte sie gerade noch verständlich.

Ich blickte erschrocken auf. „Reserviert?" echote ich. „Wollt ihr eure Stammkundschaft veralbern?" schob ich hinterher und lächelte sie dabei freundlich an.

„Ohne Reservierung geht hier gar nichts. Das ist schon seit Jahren so. Außerdem sind wir bereits ausgebucht – wie sie sehen!" Mit der rechten Hand vollführte sie eine Geste zu den unbesetzten Tischen. Kurzerhand drehte die Bedienung sich um und verschwand wieder im Ladengeschäft. Auf dem Rücken ihrer Kleidung entdeckte ich in Höhe der Schultern einen goldenen Schriftzug. Es gelang mir nicht, diesen komplett zu entziffern. Nur ‚Stan......äß'.

„Tzzz.., Arman, was wird das denn jetzt" ging mir durch den Kopf. Mein Blick glitt dabei über die Eingangstür, worauf auf einem Schild der Geschäftsname stand. In goldener Farbe auf schwarzem Perlmutt stand ‚Standesgemäß'.

Irritiert nahm ich die Zeitung in die Hand und schaute auf das Datum: 09.August 2037.

Sonntag-09.August 2037 !

Der dumpfe Kopfschmerz machte sich wieder bemerkbar.

005

„Und so jemand seinem Nächsten eine Verletzung beibringt – so wie er getan, so geschehe es ihm" (Talionsformel ‚Heiligkeitsgesetz')

Für die luxuriöse Inneneinrichtung, in der repräsentativen Villa, in der Alfred-Hagelstein-Straße, hatte der sonnengebräunte Mann keine Augen. Jeder Einbrecher würde sich die Hände reiben, ob des vielen Silbers, in Form von Leuchtern, Bilderrahmen, Trinkbecher, etc. Die Gemälde erschienen ihm echt und nicht für den normalen Geldbeutel gedacht. Impressionisten, wie Monet und Cezanne, die sich mit der Darstellung des Lichts und deren atmosphärischen Bedingungen auseinandersetzten, machte er sofort aus. Diese Werke würden jedes Museum schmücken.

Jens wusste nicht, ob der Hauseigentümer diese Bilder auf legalen Weg erworben hatte. Wie viel warf so ein Pharmaunternehmen ab? Besonders groß war es laut seinen Recherchen nicht. Die Verdienstspanne konnte natürlich riesig sein. Ihm war es im Prinzip egal. Das einzig wichtige für ihn bestand darin, Andreas zu Größenfelde gefunden zu haben. Nach langen, beinahe zehn Jahren. 3423 Tage Qual ! Dann hatte er das ‚Missing Link'. Der entscheidende Punkt. Professor Dr. Andreas zu Größenfelde. Besitzer des Pharmaunternehmens AzG AG, Bad Schwartau, mit ungefähr hundertzehn Millionen Euro Bilanzsumme. Privat wohnhaft in Travemünde an der Ostsee.

Der Zufall führte ihn auf die Spur. Er fand heraus, dass eine

17

Import/Export Firma, dessen Vorstandsvorsitzender schon lange ohne Erfolg in seinem Fokus stand, chemische Substanzen für die Produktion aus Asien anlieferte. Jens Schröder durchsuchte im Netz alles, was irgendwie mit dem Vorstand Dr. Oliver von Gassmann und dem Pharmaunternehmen in Beziehung stand. Einige lose Enden verliefen im Sande. Dies war durchaus normal. Im Laufe der Jahre hatte Schröder gelernt, dass die meisten Spuren in Sackgassen endeten.

Nur war er ein Terrier. Ein Terrier, der es sich zur Lebensaufgabe gemacht hatte, die Mörder seiner Tochter zu finden, und die seiner Frau. Seine geliebte Anna wurde 2008 auf Bali von drei Männern vergewaltigt, ermordet und wie ein Stück Vieh auf einem Tisch liegen gelassen. Sie wurde nur siebzehn Jahre jung. Der Mord wurde nie aufgeklärt. Seine balinesische Frau kam über diesen Schicksalsschlag nie hinweg. In Depressionen verfallen, sprang sie genau zwei Jahre später von den Klippen des Tempel Pura Luhur Uluwatu, im Süden Balis. Dem Tempel göttlicher Herkunft. Hier wird zur Meeresgöttin Dewi gebetet. Er hatte am 01.Januar 2008 nicht nur seine Tochter verloren. Ebenso seine geliebte Ehefrau.

Seither führte die Schwester seiner verstorbenen Frau die ‚in'-Loungebar in Kuta. Die Erträge erlaubten es ihm, sich nur der Suche nach den Mördern zu widmen. Um sich von den Kobolden und quälenden Gedanken temporär zu befreien, surfte Jens Schröder die spektakulärsten Wellen im Süden Balis. Alles in der Nähe des Uluwatu Tempel war sein Ziel. Impossibles und Padang-Padang oder zum Beispiel Nyang-Nyang. Alle Spots sind ziemlich gefährlich und nur für Experten. Die Riffe haben Amateuren im günstigsten Fall zahlreiche Hautabschürfungen verursacht oder einfach ihre Surfboards aus Fiberglas zerstört.

Einheimische bezeichneten Schröder als potenziellen Suizidkandidaten. Er wusste es besser. Getrieben von einem erklärtem Ziel und zum wiedererlangen fehlender Lebensfreude, schärfte er durch das Extremsurfen seine Sinne und erhielt sich dabei seine physische Fitness. Ein Gegengewicht zur Energie zerrenden Suche.

Nun hatte es Jens Schröder geschafft. Der Tag, auf den er so lange hinfieberte, sollte nun sein Finale erleben.

Er musste nur noch warten.

006

Innerhalb dreißig Minuten wimmelte es auf dem Priwall Grundstück nur so von Polizisten. Alles war großräumig abgesperrt. Eine vorläufige Nachrichtensperre war angeordnet worden, die auch für Karl Vögele, dem Cheffotografen der Travemünder Aktuell galt. Zusammen mit dem verantwortlichen Redakteur Helge Normann suchte er das Gespräch mit Stina Wallison.

„Ich kann und darf Euch beim besten Willen keine Auskunft zu diesem Fall geben. Wir stehen erst am Anfang unserer Ermittlungen. Sollten wir klarer sehen, dann werden wir Euch natürlich auch informieren." Sie räusperte sich. „Wahrscheinlich wird es diesen Nachmittag eine kurze Pressekonferenz geben. Da wird sicher zugleich der neue Hauptkommissar vorgestellt werden." Sie zuckte leicht mit den Schultern. „Was für ein Einstand."

„Wie heißt der neue Hauptkommissar?" wollte Karl wissen und öffnete aufgrund der Wärme seine rote Jacke.

„Da verrate ich Euch kein Geheimnis. Der Mann heißt Rene Doni. Er kommt aus Aachen und arbeitete dort jahrelang erfolgeich als Drogenfahnder. Den Rest bekommt ihr sicher selber heraus."

„Wie lange bleibt er uns erhalten?" witzelte Helge und erschrak selbst über seine Frage, ob der Tatsache, dass die letzten Hauptkommissare ihre Dienstzeit, hier im beschaulichen Lübeck, nicht länger als maximal zwölf Monate überlebt hatten.

POK Stina Wallisson schaute die beiden stumm an. Ihre Gedanken behielt sie für sich. „Ich muss wieder rein. Der Rechtsmediziner ist gerade gekommen" verabschiedete sie sich. Karl Vögele schoss noch ein paar Fotos von dem Haus, bevor sich beide wieder auf den Weg machten.

„H-ha-hallo St-Stina, w-wie geht's? W-was ha-haben wir denn hi-hier wieder" begrüßte Dr. Kevin Roche stammelnd die Kommissarin. „F-für'n S-Seebad g-g-ganz o-ordentlich" versuchte er zu scherzen. Seit der Rechtsmediziner vor gut sechs Jahren seinen Dienst in Lübeck antrat, musste er schon einige Leichname untersuchen. Für die Meisten viel zu viele. Roche sah dies als persönlichen Glücksfall. Hierdurch hatte er jeweils mit der Oberkommissarin intensiv zusammen gearbeitet. Er genoss ihre Anwesenheit und war von Anfang an in sie verliebt. Bis heute noch. Nur hatte er sich ihr gegenüber nie offenbart. Sein Stottern verriet Stina Wallisson jedoch seine Gedanken. Sie ging nie weiter darauf ein und ihm war klar, dass für ihn nur die Zuschauerrolle blieb. Außerdem gab es Jörg Illmer. Ihr Herz gehörte diesem mysteriösen Typen. Roche verstand es nicht, aber er akzeptierte es klaglos.

„Die Reinigungskraft des Hauses hat den Mann heute Vormittag entdeckt. Sie steht noch komplett unter Schock. Der Tote heißt Dr. Oliver von Gassmann, wohnhaft in Hamburg Volksdorf. Diese Villa ist ‚nur' sein Ferienhaus. Laut der Reinigungskraft sollte er erst am Freitag zugegen sein. Sie sollte das Haus herrichten und den Kühlschrank befüllen. Das letzte Mal war von Gassmann im Juli zur Travemünder Woche in seinem Haus."

„Vorläufig kann ich Dir nur sagen, dass der Todeszeitpunkt etwa zwischen zweiundzwanzig Uhr und Mitternacht liegt.

Genaues später. Die Kopfwunde ist nicht die Todesursache. Er dürfte einige Zeit bewusstlos gewesen sein. Diesem Mann sind dann die Pulsadern geöffnet worden. Der daraus resultierende Blutverlust hat ihn so geschwächt, dass er die letzten Minuten zwar bei vollem Bewusstsein, aber wehrlos erlebt hat. Das Arrangement und die Todesart.., tja, sieht mir alles nach einem Ritual aus. Der Mörder oder die Mörderin besitzt Fachkenntnis und hat sicher nicht zum ersten Mal gemordet. Das ist jedoch euer Job." Wenn Dr. Roche in seinem Metier dozierte, stotterte er nicht, auch in Stinas Nähe nicht. Ich gebe Dir Bescheid, wenn ich die komplette Untersuchung abgeschlossen habe."

Wallisons Handy klingelte. Sie nickte Roche zu und nahm das Gespräch an. „Wallisson" meldete sie sich knapp, da die Nummer unterdrückt war.

„Frau Stina Wallisson?" hörte sie eine Männerstimme. Als sie bejahte fuhr der Mann fort. „Dr. Konarwarschki, Uniklinik Lübeck. Können Sie bitte sofort zu uns in die Klinik kommen?"

„Ich bin schon unterwegs" hörte Malte Scheel sie ins Telefon flüstern und zu ihm gewandt „ich muss in die Uniklinik."

Malte sah ihr nach und befürchtete Schlimmeres.

007

Zur Mittagszeit herrscht in der ganzen Vorderreihe reger Betrieb. Die Außenplätze der Cafes waren bei diesem schönen Wetter schon fast alle belegt. Auf den Tischen standen Frühstücksarrangements der Langschläfer, Kaffee und Kuchen oder riesige Eisbecher zum Schlemmen. Einzelne, frisch gezapfte Biere und jede Menge prickelnde Prosecco und orangefarbene Aperol. Ein ganz normaler Sommertag.

Auf den Sonnenplätzen vom Barista 'Gusto Joda' saßen Dino Hopf, genannt Dildo und der XO Claus Bolt. Vor beiden stand ein großer, inzwischen halbleerer Cappuccino. Bei Claas gibt es den besten Kaffee im Ort. Genüsslich schlürften sie das heiße Gebräu.

Den Spitznamen Dildo hatte Dino Hopf von seinen besten Freunden erhalten, da sein Name Programm war. Wo er auftauchte, blieb keine Frau vor ihm sicher. Allerdings hatte er Anfang April im österreichischen Schnee seine Gloria geheiratet. Vielleicht änderte er sich nun. Seinem Humor konnte man sich jedenfalls nur schwer entziehen.

Der XO gehört zu Jörg Illmers 'Off-limits' Segelcrew und ist ein enger Vertrauter von ihm. Jörg nennen alle nur York. „Ich will heute noch die Schraube der 'O-li' anschauen, ob sie wieder so stark bewachsen ist, obwohl wir diesmal das teure spezial Antifouling aufgetragen haben. Wenn es mit Seepocken bewachsen ist, dann schabe ich die mit einem Spachtel ab. Mit der kleinen Schwimmbrille sollte das funktionieren. Ich habe das Gefühl, dass der Schub ein wenig nachgelassen hat."

„Tue Dir keinen Zwang an. Ich werde mir bei Elatus ein Buch kaufen."

„Seit wann liest Du denn ?" foppte ihn der XO.

„Ich habe schon immer eine Schwäche für...." weiter kam er nicht.

„Hallo, Ihr Beiden" gurrte eine gut aussehende Frau, die in diesem Falle nur Dildo meinte, aber höflich sein wollte. Sie nickte dem XO nur kurz zu und begrub Dildo unter sich. Ihre schweren Brüste umarmten ihn quasi beim 'Bussi-Bussi' austauschen. Nur schwer konnte er sich des unver-

22

hofften Anblicks erwehren, das heißt, er wollte sich gar nicht wehren und genoss es sichtlich. „Wie sieht es aus, mein Süßer" fuhr sie fort und fragte ihn als nächstes, ob er nicht Zeit für einen Prosecco habe – alleine verstand sich. Sie verabredeten sich für den frühen Nachmittag. Die Erscheinung entschwand so schnell, wie sie erschien.

„Was war das denn? Deine Schwäche?" hakte der XO grinsend nach.

Dildo zuckte unbeholfen die Schultern. „Gloria und ich führen eine offene Beziehung. Ab und an mal naschen, aber das Hauptgericht gibt es zuhause." Claus nickte ebenfalls nur. So ähnlich hatte er das schon vermutet. „Da fällt mir gerade eine kleiner Witz ein" setzte Dildo an:

Ein Mann geht auf Geschäftsreise ins Rotlichtmilieu. Nach getaner Arbeit weigert er sich allerdings, zu zahlen. Der Fall geht vor Gericht. Der Mann bittet den Richter bei Verhandlungseröffnung:
"Euer Ehren, das ist mir äußerst peinlich! Meine gesamte Familie mit Kindern ist unerwartet anwesend und ich habe beruflich einen Ruf zu verlieren! Sie können den Fall so nicht aufrollen!"
"Nun gut, ich habe Verständnis für die Lage, ich werde den Fall als Mietstreitigkeit tarnen."
Die Verhandlung beginnt.
"Würde sich der Beklagte bitte dazu äußern, warum er die Miete nicht zahlen will?"
"Erstens handelte es sich um einen Altbau, zweitens war die Wohnung viel zu feucht und muffig, außerdem war sie einfach zu groß, was ich nicht wollte!"
Der Richter wendet sich an die gewisse Dame: "Wie sehen Sie den Sachverhalt, Frau Klägerin?"
"Das ist doch lächerlich! Der Mieter wusste von vorne herein, dass es sich um einen Altbau handelt, zweitens wurde die Wohnung erst feucht, nachdem der Mieter eingezogen war, drittens ist es nicht mein Problem, wenn der Mieter über zuwenig Mobiliar verfügt..."

„He, he. Das trifft aber nicht auf Deine Bekannte zu. Die sah mir sehr knackig aus."

„Ich war gestern in der ‚Pinte P2' und habe Donald getroffen. Da habe ich diese kommunikative Frau kennen gelernt. Interessante Gespräche haben wir geführt." Dildo schaute den XO mit großen Augen an. „Da war übrigens ganz schön was los und das mitten in der Woche. Ich mag die Kneipe" lenkte er ab und nestelte am Reißverschluss seiner Jacke.

„Zum frühen Abend fahre ich in die Uniklinik. Bist Du mit dabei ?"

„Ehrensache. Rufe mich an, wo Du mich aufpickst. Es wird Zeit, dass es mit ihm vorwärts geht. Schließlich wollen wir doch alle zusammen wieder segeln gehen !"

Der XO stimmte ihm stumm zu. „Claas, bitte zahlen !"

008

„...leider absagen. Dafür lasse uns doch morgen eine Runde bei Dir Golfen. Ich kann gegen vierzehn Uhr am Clubhaus sein. Was meinst Du?"

„Schade. Gerade heute fühle ich mich in Topform" entgegnete Professor Dr. Andreas zu Größenfelde etwas enttäuscht. „Dann muss ich Dir eben morgen eine Lektion auf dem Golfplatz erteilen. Vierzehn Uhr passt gut. Dann sehen wir uns am Abschlagsplatz" verabschiedete er seinen Spielpartner. Der Professor liebte Tennis und Golf. Vor allem liebte er es zu gewinnen. Sein Ehrgeiz grenzte zeitweise an cholerischen Anfällen. Der Ehrgeiz wurde ihm bereits in die Wiege gelegt. Sein Großvater hatte das Pharmaunternehmen AzG gegründet, sein Vater baute es weiter aus, stellte es auf solide Beine und nun verwaltete er im Prinzip das Erbe.

Seinem Vater konnte er es nie Recht machen. Ewig nörgelte dieser an ihm herum. Den Familiennamen zur Ehre und so. Bloß weil Andreas zu Größenfelde zu seiner Studienzeit verschiedenste Drogen konsumierte. „Das erweitert das Bewusstsein" pflegte er ihm oft zu sagen. Sein Vater sah das anders. Natürlich. Er war ein gesellschaftliches Vorbild. Ohne Fehl und Tadel. Alte Schule. In der Lübecker Bürgerschaft, Mäzenatentum, seine Ehe mit seiner Mutter usw. Eines Tages drohte er sogar mit Enterbung!

Da musste er handeln. Sein Vater starb früh. Mit dreiundsechzig. Bei einem Verkehrsunfall. Alkohol soll im Spiel gewesen sein, so der offizielle Polizeibericht. Allein Andreas wusste es besser. So kam es, dass er schon mit dreiunddreißig Jahren, das Unternehmen führen ‚musste'. Den Doktor-, wie auch den Professorentitel zu bekommen war in der heutigen Zeit kein Problem. Er hatte Geld und Beziehungen.

Das ‚verschwenden' von Geld, wie er die Unterstützung von Vereinen und Verbänden nannte, drosselte die AzG unter seiner Leitung auf ein Minimum. Sein Faible für schnelle Wagen, teure Gemälde und blutjunge Frauen, erforderten seinen Preis. Einen standesgemäßen Wagen konnte er über die Firma laufen lassen, aber nicht sieben. Für jeden Tag besaß er einen anderen. Heute stand der Aston Martin DB11 vor der Tür.

Die Gemälde kaufte er unter der Hand. Ein Mittelsmann erwarb für ihn die ausnahmslos geklauten Stücke. Dafür, dass er meist weniger als zwanzig Prozent des wahren Wertes bezahlte, was immer noch enorme Summen bedeutete, konnte er mit diesen Werten nicht die Öffentlichkeit beeindrucken. Sie waren ausschließlich für ihn selbst. Nicht einmal seine engsten Freunde, wie Oliver von Gassmann und Phillipp Mast, wussten um die Bilder, auch wenn bei beiden nicht alles Gesetzeskonform ablief. Zu Letzterem war der Kontakt seit einem Jahr plötzlich abgerissen. Ohne Grund meldete sich dieser nicht mehr. Er schien abgetaucht. Zu Gößenfelde stellte halbherzige Nachforschungen an, bemühte sich jedoch nicht wirklich. „Reisende soll man nicht aufhalten." Damit hakte er das Thema nach einem Vierteljahr für sich ab.

Seine dritte Leidenschaft ist da schon wesentlich brenzliger. Sexuell stand er auf junge, unberührte Frauen bzw. Mädchen. Diese Aura der Unschuld, diese Reinheit und Unberührtheit, törnten den Professor an. Der Erste zu sein. Macht auszuüben.

Die Fotoserien von David Hamilton aus den Siebzigern, der Film Bilitis, den er mit acht Jahren das erste Mal von insgesamt einhundertfünfzehn Wiederholungen sah, lösten in ihm den Wunsch aus, diesen ‚Elfen' nahe zu sein und diese Aura auf sich zu übertragen. Durch Vereinigung. Durch Entjungferung. Dies bedurfte in Deutschland teurer Vorbereitungen und war nicht ganz ungefährlich. Deshalb pflegte er persönlich die Geschäftsverbindungen nach Thailand und Kenia. Dort war es unproblematisch seine Neigungen auszuleben. Dafür musste er die dunklere Pigmentierung in Kauf nehmen, was seiner Selbstüberhebung zuwiderlief, aber wann immer es sich ergab, belohnte er sich und zahlte Höchstpreise für weiße Mädchen.

Im Kopf von Andreas zu Größenfelde startete sein Kopfkino. Mit einer beginnenden Erektion setzte er sich in seinen anthrazitfarbenen Aston Martin. Auf Knopfdruck erwachten die 608 PS des V12 grollend zum Leben. Der Sportwagen glitt an der Pförtnerloge vorbei und fädelte sich problemlos in den fließenden Verkehr ein. Nach wenigen Minuten ging es über die A1 auf die A226 nach Travemünde. Nun freute er sich, dass das Tennisspiel nicht zustande gekommen war. So konnte er sich an seinen Gemälden erfreuen und großer Film- und Fotokunst. Ein wohliger Schauer durchlief den Professor.

Der einhundertsechzehnten Wiederholung stand nichts im Wege.

009

Beinahe fünfundvierzig Minuten benötigte Stina vom Priwall bis zur Uniklinik. Die durch Baustellen verstopften Zufahrtstrassen beraubten allen Verkehrsteilnehmern Lebenszeit und Nerven. Die langfristige Verbesserung der Verkehrsströme war löblich, aber die Feinabstimmung der einzelnen Fachressorts eine einzige Katastrophe, da es schlichtweg keine gab. Stina Wallison war ohnehin schon angespannt und die Verkehrssituation diente nicht dazu, dass sich daran etwas verbesserte. Entsprechend gestresst betrat sie nach weiteren zehn Minuten die Intensivstation.

„Ah, Frau Wallison" begrüßte sie eine Schwester auf dem Gang. „Einen Moment noch, bitte. Dr. Konarwarschki ist noch im OP. Ein Notfall. Er sollte aber in wenigen Minuten für Sie zur Verfügung stehen. Nehmen Sie doch bitte solange Platz und bedienen sich am frischen Kaffee. Zucker und Sahne sollte dort ebenfalls stehen." Schon war Schwester Kathrin, wie Stina auf dem Namensschild ihres grünen Kittels las, wieder enteilt.

Nachdem sie sich einen schwarzen Kaffee in den Becher gefüllt hatte, setzte Stina Wallison sich auf einen der drei Stühle im Warteraum. Stille umgab sie auf einmal und ihre Angespanntheit löste sich ein wenig. Normalerweise brachte sie so schnell nichts aus der Ruhe. Eine Leiche bald schon gar nicht. Nicht, dass sie im Laufe ihres Berufslebens abgestumpft wäre, aber Leichen hatte POK Stina Wallison wirklich genug gesehen. Leider.

Kompetente und angenehme Kollegen trugen dazu bei, dass die Arbeit nicht zur Last wurde und vor allem ein intaktes ausgefülltes Privatleben.

Dies war ihr wunder Punkt. Im Moment jedenfalls. Vor zwei Tagen wurde ihr der Boden unter den Füßen weggezogen. In der Nacht bekam Stina einen Anruf von Dr. Konarwarschki, dem leitenden Chefarzt der Intensivstation der Uniklinik. York, Ihr Lebens- und Liebespartner, lag hier. Im Koma.

Nicht im künstlichen Koma.

Wallison ging beileibe nicht blauäugig durch die Welt. Sie wusste um die üblichen, täglichen Gefahren, denen jeder Mensch zwangsläufig ausgesetzt ist. Doch nicht York ! Der Mann, der haarsträubende Situationen erlebt und überlebt hatte. Einer, der als unzerstörbar galt. Jetzt lag er hier seit zwei Tagen auf der Intensiv und wachte einfach nicht auf.

Man hatte ihn, im Lübecker Altstadtviertel, mit Gammahydroxybuttersäure, sogenannten K.O. Tropfen ausgeknockt, beraubt und zusätzlich noch mehrere Schläge auf den Schädel gegeben, nachdem er bereits bewusstlos gewesen sein muss. „Ein besonders schwerer Fall von Raub. Hoffentlich nicht mit weiteren Folgen" beschwor Stina Wallison eine imaginäre Macht. Bisher verliefen die Ermittlungen noch im Sande.

Nachdem sie die ganze Nacht und den folgenden Tag an der Seite seines Krankenhausbett ‚wachte', schickte der Chefarzt sie nach Hause. Nach nur wenigen Stunden Schlaf verrichtete sie ihren Dienst, um sich abzulenken. Alle zehn Minuten schielte sie auf die Armbanduhr, in dem Glauben, es wären Stunden vergangen. Quälend langsam verstrich die Zeit. Der Zustand hatte sich während dieser Zeit nicht gebessert, aber auch nicht verschlechtert. Dann kam der Anruf. Ohne weiteren Kommentar. Stina Wallison rechnete mit dem Schlimmsten.

Nun saß sie hier im Wartezimmer und ihre Gedanken spielten alle möglichen Szenarien durch. Es war zum verrückt werden. Sie hasste Hilflosigkeit.

Ihr fiel ein Ausspruch ein, der Bhudda zugeschrieben wird. „Es gibt nur eine Zeit, die wesentlich ist, aufzuwachen. Man ist Milliarden Jahre nicht existent, dann atmet man mit Glück plus-minus achtzig Jahre. Diese Zeit ist im HIER und

JETZT ! Danach ist man bis zum Ende tot." Stina seufzte.

„Dankbar sein und leben" flüsterte sie. „Milliarden Jahre Dunkelheit. Vielleicht achtzig Jahre Licht. Danach ewige Dunkelheit ! Und diesen zeitlichen Wimpernschlag verkürzten oft genug Krankheiten, Kriege oder einfach nur Gier." Am Rücken spürte Stina eisige Kälte hoch kriechen, obwohl es über zwanzig Grad Raumtemperatur hatte. Reinkarnation war eine Möglichkeit, um den Ängsten zu entkommen, allerdings nicht bewiesen. Es ist ein Glaube. Ein starker Glaube. Gerne hätte sie die Stärke der Hindus besessen, welche unerschütterlich an die Wiedergeburt glauben. Stina Wallison war sich in diesem Moment nicht sicher.

Die Tür schwang auf, begleitet durch einen kleinen Windstoß. Stina Wallison schrak aus ihren Gedanken hoch. Durch die Tür eilte Dr. Konarwarschki mit einem besorgten Gesichtsausdruck auf sie zu.

010

Die Pressekonferenz des Lübecker Morddezernat MD.1 war außergewöhnlich gut besucht. Beinahe vierzig Journalisten regionaler und überregionaler Printmedien sowie Online Nachrichtendienste. Neben dem Öffentlich-Rechtlichen TV hatten vier private TV-Sender ihre Kameras in Stellung gebracht.

Zum einen wollten sie natürlich die neuesten Erkenntnisse im Priwall Mordfall aus erster Hand, zum anderen kamen die überregionalen Medienvertreter überwiegend zur angekündigten Vorstellung des neuen Hauptkommissars des MD.1.

Es hatte sich nämlich über die Landesgrenzen herum gesprochen, dass dieser Posten gewissermaßen die Fahrkarte ins Jenseits beinhaltete – zumindest in den letzten sechs Jahren. Seit 2011 beklagte die Behörde sechs tote Beamte. Sechs Hauptkommissare ! Allesamt, hielten sie zu dem Zeitpunkt ihres unnatürlichen Todes im Dienst, den Chefposten des MD.1, inne.

Ein Fluch, der auf der Planstelle lag oder einfach nur Zufall ? Natürlich entsprach es deshalb keinem Wunder, dass diese Stelle sehr schwer zu besetzen war. Die meisten geeigneten Kandidaten winkten inzwischen entsetzt ab und warteten, trotz Beförderungsstau, lieber auf die nächste ausgeschriebene Stelle. Mittlerweile versuchte man in der Behörde, die Ausschreibung mit kleinen Gimmicks aufzupeppen. Übernahme der Umzugskosten und Mietzahlungen der ersten vier Monate sowie eine großzügige Nutzungsauslegung bei dem Dienstwagen.

Dennoch dauerte es beinahe ein Jahr, bis die Stelle neu besetzt werden konnte. Im August 2016 wurde die Planstelle plötzlich vakant und schon Mitte September stand die Ausschreibung. Erst regional, dann seit Januar bundesweit. Zur Erleichterung aller Verantwortlichen konnten sie nun einen neuen Hauptkommissar präsentieren.

Obwohl der Innensenator der Personalvorstellung unbedingte Priorität voranstellte, konnte ihn der Polizeidirektor überzeugen, dass zuerst der Priwallmord thematisiert wurde. Die Ermittler brauchten die ungeteilte Aufmerksamkeit der Medien. Somit leitete der Polizeidirektor sofort, nach der kurzen Begrüßung, zum eigentlichen Thema über.

„Wir haben es hier mit einem ungewöhnlichen Mordfall zu tun" begann er. „Bei dem Toten handelt es sich um den siebenunddreißigjährigen, erfolgreichen Hamburger Unternehmer und Vorstandsvorsitzenden Dr. Oliver Gassmann. Er gründete dieses noch junge Import-Export Unternehmen im Februar 2013 und entwickelte es in kürzester Zeit zu einer profitablen Firma, mit siebenundzwanzig Beschäftigten und einem Jahresumsatz von fünfzehn Millionen Euro. Seine Vita weist soweit keine Auffälligkeiten auf. Sportlich, ledig, lebt soweit wir wissen, eher unauffällig und zurückhaltend. Politisch nicht aktiv, zumindest nicht sichtbar. Seine Mitarbeiter beschreiben ihn unisono als sozial gehemmt und introvertiert. Sein Unternehmen ist dem entgegen sehr straff organisiert und hierarchisch aufgebaut." Im Presseraum rutschte der eine oder andere Journalist gelangweilt auf seinem Stuhl umher.

„Auf dem Priwall besitzt Dr. Gassmann ein Ferienhaus, was zugleich auch der Tatort ist. Nach dem derzeitigen Ermittlungsstand ist der Todeszeitpunkt auf dreiundzwanzig Uhr dreißig ermittelt worden. Das besondere an dem Leichnam sind verschiedene, mit Vorsatz begangene Ausführungen, die von einem ‚normalen' Mord, zum Beispiel im Affekt, abweichen." Nun hatte er wieder die Aufmerksamkeit aller Anwesenden.

Unserem Mordopfer wurde mit einem stumpfen Gegenstand, wahrscheinlich einer Billardkugel, ein Schlag auf dem Kopf verabreicht. Dies führte zu einer kurzen Bewusstlosigkeit. In dieser Zeit fesselte der oder die Täter das Opfer, wir gehen derzeit nur von einer Person aus, und öffnete mit Fachkenntnissen, an fünf Stellen, entsprechende Adern. Dies hatte zur Folge, dass Dr. Gassmann langsam ausblutete. Bei Bewusstsein ! Dieser Vorgang dürfte zehn Minuten gedauert haben." Gebannt hörten die Pressevertreter den Ausführungen des Polizeidirektors zu, der gerade eine kleine Kunstpause einfügte, bevor er leise weiter sprach.

„Währenddessen trennte der Mörder den Penis vom Körper und schälte anschließend seine beiden Augäpfel aus der Orbita, der knöchernen Augenhöhle." Eine atemlose Stille herrschte jetzt in dem gut gefüllten Raum. „Zum Schluss hämmerte der Täter dem Opfer noch einen Pflock ins Herz." Entsetzen machte sich auf den Gesichtern breit. Selbst den hartgesottenen Vertretern der Sensationspresse blieb die Sprache weg. Für zehn Sekunden.

Dann kam wieder Leben in die Versammlung und für einen Moment war es nicht möglich, Fragen zu stellen, geschweige sie zu beantworten. Alle riefen durcheinander und bombardierten die Polizeivertreter und den Senator. Nachdem wieder Ruhe eingekehrt und eine Handvoll Journalisten draußen in ihre Handys brüllten, damit die Redaktionen auf dem Titelblatt Platz für dieses abscheuliche, umsatzfördernde Verbrechen schafften, setzte der Polizeidirektor wieder an.

„Wir wenden uns gezielt an die Öffentlichkeit und bauen auf ihre Mithilfe, um den Täter so schnell wie möglich zu ergreifen. Wir haben es hier mit einem äußerst brutalen Vorgehen zu tun. Für sachdienliche Informationen, jeglicher Art, haben wir eine gesonderte Rufnummer eingerichtet, unter der sie die nächsten achtundvierzig Stunden, rund um die Uhr einen Ansprechpartner erreichen." Er gab die Rufnummer bekannt und wiederholte sie zur Sicherheit noch zweimal.

Nun schaltete sich erstmalig der Innensenator ein. „Die Sonderkommission, SOKO Trave, wird vorerst mit zwanzig Mitarbeitern ausgestattet. Sie werden Verständnis aufbringen, dass wir zu diesem Zeitpunkt nicht alle unsere Ermittlungsergebnisse offenlegen können. Schließlich müssen wir die unausweichlich auftauchenden Trittbrettfahrer rausfiltern. Gerne möchte ich diese Gelegenheit wahrnehmen, ihnen unseren neuen Hauptkommissar Rene Doni, vorzustellen." Umständlich kramte er einen gelben Handzettel aus seiner dunkelgrauen Sakkotasche hervor. Der Senator blickte kurz auf seine Notizen und widmete wieder seine Aufmerksamkeit dem Publikum zu. Im nun folgendem konnte er für sich punkten. Davon ging er aus.

Irritiert stellte er fest, dass die Kameramänner ihre Gerätschaften bereits einräumten und sich, bis auf sieben Personen, die Journalisten verflüchtigt hatten. Der aktuelle Mord verdrängte alle Spekulationen um den neuen Hauptkommissar. Seiner gut einstudierten Rede beraubt, versorgte er die wenigen Verbliebenen mit den Eckdaten, und einem kurzen beruflichen Werdegang des neunundvierzigjährigen, ehemaligen Drogenfahnders aus Aachen. Besonders hob er hervor, dass er sich einen Namen als guter Fallanalytiker gemacht habe.

Der Senator erwähnte nicht, dass Rene Doni an einem Alkoholproblem litt. Er wusste es schlichtweg nicht. Die beiden jetzt noch ausharrenden Journalisten schauten erstaunt auf den neuen Kommissar. Halbglatze. Gerötetes Gesicht, knallrote Nase. Die verbliebenen langen Haare schlohweiß, zu einem Zopf gebunden. Schwarzer Hoodie, altmodische Jeans und weiße Turnschuhe. Soweit sie sehen konnten, waren die Unterarme tätowiert. Der Halsansatz ebenfalls.

Der Fotojournalist in der roten Jacke sah seinen Kollegen an und zuckte nichtssagend mit den Schultern.

011

Auf dem Nachhauseweg parkte Professor zu Größenfelde seinen V12 am Rande des Fährparkplatz. Die wenigen Parkplätze waren ausnahmslos belegt. Wenige Schritte weiter betrat er das, um diese Zeit schon gut besuchte Weinlokal, ,Der kleine Winkler'.

Von unterwegs hatte er schon seine Bestellung aufgegeben, sodass er nur noch bezahlen musste und die vier Kisten ,Sommerbrise', mittels einer Sackkarre, zum Auto transportierte. Spötter bezeichnen dieses Lokal liebevoll auch als Tankstelle, denn viele Bewohner aus den umliegenden Altenheimen, versorgen sich hier mit Nachschub. Nicht selten fahren sie mit ihren Rollatoren bis zur Eingangstür und lassen sich eine Kiste auf die Gehhilfe stellen. Ist es Zufall, dass eine Weinkiste perfekt auf einen Rollator passt oder ist am Ende ein Winzer der Konstrukteur dieser wunderbaren Erfindung?

Ein Blick in Wikipedia lehrt jeden Interessierten, dass die Schwedin Aina Wifalk, bereits 1978 die jetzige Ausführung eines Rollators erfand. Sie war selbst gehbehindert und litt an Kinderlähmung.

Darüber machte sich der Professor jedoch keine Gedanken. Verwundert registrierte er, dass zwischen dem linken Scheibenwischer und der Windschutzscheibe seines Wagens, ein Knöllchen befestigt war. Sein Einkauf hatte keine fünf Minuten gedauert, dennoch hatte eine von den ‚Stadtgeiern' sein Haltevergehen erspäht und gnadenlos zugeschlagen. Zehn Euro für die Stadtkasse.

Seine gute Laune schmälerte der Bon jedoch nicht. Innerhalb weiterer fünf Minuten bog er in die Alfred-Hagelstein-Strasse ein, drückte auf die Fernbedienung seines Garagenrolltors und parkte den Wagen neben seinen anderen sechs Schätzen. Jeder Wagen hier strahlte geballte Power, Reichtum und Sexappeal aus. Der Boden der Garage war mit feinstem Carrara Marmor aus der Toskana ausgelegt, was im Prinzip nichts anderes ist, als Calcit-Ablagerungen aus abgestorbenen Meeresorganismen, welche vor dreißig Millionen Jahren, unter hohem Druck und sehr hohen Temperaturen zusammengepresst wurden.

Vom Beifahrersitz und dem Fußraum entnahm Professor zu Größenfelde die Weinkisten und stellte sie vorerst zu dem Regal mit dem Autozubehör. Darum sollte sich die Reinigungskraft morgen kümmern. Eine der Kisten öffnete er mit einem Schlitzschraubenzieher und zog zwei Flaschen heraus. Mit seinem Smartphone gab er einen fünfstelligen Code ein, mit dem ihm der Zugang zum Haus ermöglicht wurde. Doppelt gesichert und alles ohne Schlüssel. Sämtliche Außentüren und Fenster wurden damit gesichert. Nachdem er die Schleuse durchschritten hatte, stellte sich die intelligente Anlage automatisch wieder scharf. Im Haus konnten sich zu Größenfelde oder andere Gäste frei bewegen. Hightech.

Eine der beiden vorgekühlten Weinflaschen entkorkte er, füllte ein Weißweinglas zur Hälfte mit der trockenen Spätlese und nippte genüsslich an der klaren, leicht gelblichen Flüssigkeit. Die zweite Flasche stellte er in seinen amerikanischen Kühlschrank. Gleich daneben stand eine Box, in der er immer mehrere Dutzend, ausgesuchte Leysieffer Pralinen als Vorrat lagerte. Sechs Stück fanden sich kurz danach auf einem silbernen Tellerchen wieder.

In plüschigen Tigerhausschuhen und einer bequemeren Hose, nahm er in dem ausladenden Massagesessel vor dem riesigen achtundsiebzig Zoll Samsung Bildschirm platz. Die 4K Auflösung, der einhundertachtundneunziger Bildschirmdiagonale, zeigte jedes noch so kleine Detail in brillanter Qualität. Das dem Auge verborgene Teufel THX Lautsprechersystem Cinema, erzeugte einen dazu passenden, exzellenten Sound. Behaglich räkelte sich Professor zu Größenfelde im Sessel und stellte die Massagefunktion auf die kleinste Stufe.

„Das Leben ist herrlich" beglückwünschte er sich selbst.

Zwei Minuten nach dem Filmstart erloschen das Bild und der Ton. Die Massagefunktion fror mitten in der Bewegung ein.

012

Die Schritte von Dr. Konarwarschki verlangsamten sich, als er Stina Wallison erkannte. Die Gesichtsmuskeln entspannten sich deutlich.

„Frau Wallison" begrüßte er sie freundlich. „Da hat unser Patient noch einmal Glück gehabt. Eine gute Konstitution ist da immer sehr hilfreich. Vor einer Stunde ist Ihr Partner aus dem Koma erwacht. Seine Hirnfunktion scheint nicht weiter beeinträchtigt. Das CT unauffällig. Die Dura mater, also die harte Hirnhaut ist nicht geschädigt. Meine Fragen hat er klar und richtig beantworten können. Trotzdem möchte ich noch weitere Untersuchungen machen, um ganz sicher zu gehen. Dafür muss er noch mindestens ein, zwei Tage bei uns bleiben. Allerdings wenn es nach ihm ginge, dann packt er gleich schon seine Tasche. Bitte wirken Sie doch ein wenig auf ihn ein. Schonung braucht er auf jeden Fall noch. Mit einem Schädel-Hirn-Trauma dritten Grades ist keinesfalls zu spaßen. Ohne die richtige Schonung sind Spätfolgen, wie chronische Kopfschmerzen, Depressionen und kognitive Störungen, vorprogrammiert. Wenn der Patient über Kopf- oder Nackenschmerzen, Übelkeit, Erbrechen, Schwindelgefühl oder Erinnerungslücken klagt, dann informieren Sie mich sofort. Insgesamt kann ich Sie jedoch beruhigen. Herr Illmer ist für seine Verletzung erstaunlich agil. Das hätte auch anders ausgehen können. Die Substanz GBH hat in diesem Fall die körpereigenen Kräfte blockiert. Solche KO Tropfen reduzieren u.a. auch das Erinnerungsvermögen der Betroffenen. Neben Bewusstlosigkeit kann es auch zu Atemstillstand kommen. Dazu noch die Schläge auf den Kopf. Eine teuflische Kombination. Da muss man schon eine Rossnatur besitzen, um das zu überleben."

„Darf ich zu ihm?" Weitere Fragen verkniff sie sich vorerst.

„Natürlich. Allerdings nicht zu lange und keine Aufregung. Halten Sie noch alles fern, was ihn ins Grübeln bringt. Sein Gehirn braucht einfach noch Ruhe."

Stina Wallison verabschiedete sich von Dr. Konarwarschki. Mit festem Schritt begab sie sich zu seinem Zimmer. Leise öffnete sie die Tür und erschrak. Der Kopfverband verdeckte sein halbes Gesicht. Am linken Unterarm steckte eine Braunüle, mit der ihm eine klare Flüssigkeit zugeführt wurde. Wahrscheinlich Kochsalz und Medikamente. Jörg Illmer, von allen Freunden nur York genannt, schien zu schlafen.

So hilflos und verletzlich hatte Stina ihn noch nicht gesehen. Neben dem Bett stand ein Stuhl. Darauf nahm sie Platz. Gerade als Stina Wallison vorsichtig seine rechte Hand in Ihre Hände nehmen wollte, öffnete sich diese und ergriff ihre rechte Hand.

„Hallo Stina" flüsterte York. Seine Augen waren noch geschlossen. „Schön, dass Du da bist" begrüßte er sie. Nun erst öffnete er seine Augen. Seine graublauen Augen ruhten klaren Blickes auf ihr. Stina liebte diesen Blick.

„Es wurde auch Zeit, dass Du wieder da bist. Du hast mir einen Riesenschrecken eingejagt. Du warst zwei Tage in einer anderen Welt."

„Zwei Tage ? Ich habe kein Zeitgefühl. Allerdings habe ich intensiv geträumt. Sogar einen Traum im Traum gehabt. Das war krass." Leise berichtete er von seiner unglaublichen Reise ins Jahr 2037 und die Veränderungen im Ort.

„Glaubst Du an Zeitreisen ?" fragte er nach Beendigung seiner Geschichte. „Ich hoffe in diesem Fall nicht, obwohl die Politik zum Teil die Weichen dafür schon gestellt hat. Am Projekt ‚Waterfront' beginnt langsam ein Sinneswandel. Nur viel zu spät und das sich jetzt zum Beispiel ein Bürgermeisterkandidat vor der eigenen Verantwortung drückt offenbart die Problematik. Jetzt will es wieder keiner gewesen sein. Bei der Travemünder Ortsratvorstellung erklärte er doch tatsächlich, dass die Entscheidungen vor seiner Zeit getroffen worden seien und er daran weitgehend unbeteiligt sei. Tatsächlich hat die SPD-Fraktion mit Jan Lindenau und auch die CDU-Fraktion den Bebauungsplan im Jahr 2016 beschlossen. Da ist kein Spielraum mehr für Ausflüchte. Egal welche politische Linie man verfolgt, so einem Mann kann doch niemand ernsthaft seine Stimme am 05.November geben. Politiker lügen aus Prinzip, ansonsten würden sie keine Stimmen auf sich vereinigen. Wenn die, aufgrund ihrer Versprechen gewählten Volksvertreter mit ihrem Privatvermögen, für nicht eingehaltene Wahlversprechen haften müssten, sähe dies sicher schon ganz anders aus. Ein Wahlversprechen ist nicht ernsthaft versprochen, nein, der Ansatz liegt eher im ‚Versprecher'. Wie dem auch sei, die nächsten Bausünden sind schon..."

„...York!" unterbrach ihn Stina beschwichtigend. „Keine Aufregung! Was Du brauchst ist absolute Ruhe." Sie tätschelte seine Hand. „Wir wollen doch kein Risiko eingehen. Ich werde ein wachsames Auge auf Dich halten" lachte sie.

„Das habe ich befürchtet" grinste York. Es klopfte und eine Schwester trat herein, um die Besuchszeit für heute für beendet zu erklären. Mit einem Kuss verabschiedete sich Stina.

Außerhalb der Intensivstation aktivierte sie ihr Handy aus dem Flugmodus und startete das erste von zwei bevorstehenden Gesprächen.

013

Genüsslich nippte Claus Bolt an seinem trockenem Scavi & Ray II Bianco, den er sich zu seinem eintausendvierhundert Gramm Steinbutt gönnte. Dabei genoss er auf dem Oberdeck der MS HANSE, die Aussicht auf das 800 Jahre alte Fischerörtchen Gothmund. Die reetgedeckten Fischerkaten erfreuten ihn jedes Mal, wenn er die schöne Strecke Lübeck-Travemünde oder in umgekehrter Richtung, mit dem großräumigen Panoramaschiff befuhr. Dazu begeisterte ihn die ausgezeichnete Bordküche. Urlaubsfeeling pur.

„Darf es noch etwas sein?" erkundigte sich die blonde Servicekraft und strahlte ihn dabei an. „Christels gigantischen

Pfannkuchen vielleicht?" Sie wusste, dass er diese Spezialität gerne isst. Obwohl er sich gut gesättigt fühlte, schwankte er für einen Augenblick. Der Gedanke an den luftigen Pfannkuchen, mit frischer Fruchtfüllung, frischem Obst, Eis und Sahne, belebten sofort wieder seine Geschmacksknospen. Er verwarf diese gedankliche Verführung jedoch. Es war noch Wasserskissaison und er wollte auf seine Figur achten. Beim nächsten Mal nahm er sich im Stillen vor. Einen zweiten Wein bestellte er lieber auch nicht, denn er musste noch mit dem Auto zu York fahren. „Ein Espresso ist für mich im Moment die richtige Wahl. Für einen zweiten Wein ist es noch zu früh."

Am Nachbartisch hörte der XO wie eine Frau ihre Begleitung anblaffte, dass sie schon wieder zusammen mit anderen die Fahrt angetreten haben. Den Einwand, dass er schließlich nicht Rockefeller heißen würde, ignorierte sie schlichtweg. Claus schmunzelte. Dies erinnerte ihn an eine Situation im letzten Jahr, als sich ein Gast beschwerte, dass seines Erachtens, an diesem Tage zu viele Rentner an Bord mitfuhren und die Crew ihm gegenüber ihre Mitteilungspflicht verletzt hatten. Der Gast war so um die achtzig Jahre. Wahrscheinlich wollte er in seiner Fantasie mit einem Schiff voller junger Damen die Fahrt antreten und sich in einem Bad weiblicher Jugend tummeln, zumal sie ja neunzig Minuten nicht von Bord kamen. „Schon speziell solche Menschen" dachte Claus.

Sein Tagesplan war ausgefüllt. Nachdem er fertig war, mit der in Augenscheinnahme des Propeller der ‚O.li', hatte er knapp die fünfzehn Uhr Abfahrt der MS HANSE, ab Travemünde nach Lübeck, verpasst. So musste er den Zug nehmen, um nach Lübeck zu fahren und checkte später auf der Schiffsrückfahrt ein. Zuvor kehrte er in den Lübecker Marzipan-Speicher, An der Untertrave ein. Hier kaufte der XO immer sein Zartbitter Marzipan Brot im Zehnerkarton ein. Das meiste davon kaufte er nur zum verschenken wie dieses mal auch. Morgen wurde eine Freundin von ihm achtundfünfzig, und sie liebte ausschließlich diese Spezialität. Ganz nebenbei erwarb er zusätzlich frischen Röstkaffee für seinen

Eigenbedarf. Das alte Gebäude des Lübecker Marzipan-Speichers begeisterte ihn jedes Mal aufs Neue. Dies lag nicht daran, dass das Hauptmotiv bei den meisten Hafenszenen, in der Neuverfilmung der ‚Buddenbrooks' mit Armin Müller-Stahl und Iris Berben, auf dem historische Haus von 1871 lag. Im Speichercafe finden sich noch Balkenkonstruktionen aus dem zwölften Jahrhundert. „Es ist einfach ein tolles Ambiente" befand er. Der Weg bis zum Kai der MS HANSE ist nicht lang und befindet sich ebenfalls in der gleichen Straße, nahe dem Hanse Museum, sodass er entspannt die Schifffahrt genoss. Gleich nach der Ankunft traf er sich mit Dildo in der Cayade in der Vorderreihe, gegenüber des Ankerplatzes an der Kaiserbrücke.

Vom Oberdeck machte er ihn schon aus, ohne sein Tête-à-Tête vom Nachmittag. Darauf legte der XO auch keinen gesteigerten Wert. Schließlich wollten sie zu York ins Krankenhaus. Das Panoramaschiff legte sich längsseits zur Kaiserbrücke. Nachdem die Festmacherleinen fixiert und die Gangway ausgerichtet war, betraten die Fahrgäste wieder Festland. Als Claus auf der Brücke stand, vibrierte sein auf lautlos eingestelltes Handy.

Stina teilte ihm gelöst mit, dass York aus dem Koma erwacht war und es ihm schon wieder erstaunlich gut ging. Allerdings mussten sie ihren Krankenbesuch noch ein, zwei Tage verschieben. „Ruhe ist dem Patienten verordnet worden. Du weißt, wie schwer ihm dies fällt, aber wir sollten es um seiner selbst Willen respektieren. Er ist auf einem guten Weg" bedankte sie sich für sein Verständnis.

„Müssen wir gleich schon los ?" erkundigte sich Dildo. „Ich habe mir gerade noch ein Weizenbier bestellt" um gleich nach der Absage des Krankenbesuchs, einen neuen Plan kund zu tun. „Statten wir in diesem Fall doch Donald in der ‚Pinte P2' einen Besuch ab und feiern die Genesung von York" grinste er. „Da ist heute quasi ‚Public viewing'. Die IAFF Leichtathletik WM startet ab einundzwanzig Uhr fünfundfünfzig, mit dem 200m Halbfinale der Männer. Im Anschluss gibt es noch das Finale über 400m Hürden der

Männer und das Finale über 400m der Frauen. Das wird spannend. Die wetzen da mit über dreißig Stundenkilometer auf so einer Sprintstrecke."

Aus Versehen nickte der XO und bereute es im nächsten Moment. „Dieses Abendprogramm wird Kopfschmerzen mit sich führen" erkannte er zu spät. Allein wegen dem Sport wollte Dildo da sicher nicht hin. Nicht umsonst bedeutet ‚Public viewing' in England etwas ganz anderes. Nämlich Leichenschau. Was wir unter ‚Public viewing' verstehen, heißt dort ‚Fan zone'. „Hoffentlich fühle ich mich morgen nicht wie eine Leiche." Mit Dildo zusammen auf der Piste, das konnte hart werden.

Um sich eine solide Grundlage anzufuttern, bestellte sich der XO zur Vorsicht noch ein paar Kleinigkeiten, obwohl der Steinbutt ganz sicher noch nicht verdaut war. „Sicher ist sicher" dachte er.

„Du hast eine nette Geschichte verpasst" begann Dildo. „Zum piepen. Da sitzt vorhin am Nachbartisch ein Pärchen und der Typ mault seine Begleitung an, dass sie einen ‚zu teuren' Drink bestellt hat. Nach kurzer Zeit des betretenen Schweigens, merkt sie an, ihr sei zu warm und mit dem gewählten Outfit sei sie nicht zufrieden. Irgendetwas wie: *‚Ich komme gleich wieder, ziehe mich nur schnell um'*, habe ich verstanden. Er gibt ihr den Schlüssel von der Ferienwohnung und bittet sie, nicht so lange zu machen. Nach einer halben Stunde kommt die Frau aus dem Kaufhaus Matzen heraus – in einem komplett neuen Outfit ! Sie setzt sich wieder zu ihm und sagt ganz trocken: *‚Das war jetzt gegen den Durst - die neue Bluse, die neue Hose und diese neuen Schuhe!'* Du hättest mal sehen sollen wie der Typ bescheuert geschaut hat." Dildo schüttelte sich vor Wonne.

Der XO schüttelte sich innerlich auch, das heißt, er wappnete sich innerlich für die kommenden Stunden. Dildo verströmte wieder einmal eine unverschämt gute Laune. Dies war kein gutes Omen gegen Kopfschmerz. Irgendwie spürte er, das der Krankenhausbesuch die ‚gesündere' Alternative gewesen wäre, aber dies war Schnee von gestern. Da musste er jetzt durch. Zumindest nahm Claus sich vor, keine Schnäpse, welcher Art auch immer, zu sich zu nehmen. Eine reine Vorsichtsmaßnahme.

014

In der Dienstbesprechung am frühen Abend fassten die Ermittler die wichtigsten Ergebnisse noch einmal zusammen. Man war sich einig darüber, dass der Täter mit Wut gehandelt hatte, allerdings mit einer sehr kontrollierten Wut.

„Dies ist kein Mord im Affekt" erklärte der neue Hauptkommissar Rene Doni. Dabei kratzte er sich immer wieder mit dem rechten Ringfinger, die kahle Stelle, oberhalb seines Haaransatzes. „Der Täter geht sehr methodisch vor. Ich tendiere eher zu einer rituellen Handlung. So ein Ritual läuft in der Regel nach feststehenden Regeln und bildhaften bis künstlerischen Metaphern ab. Es kann religiösen oder weltlichen Ursprungs sein. Gassmann wurde sein Penis abgeschnitten und wie wir jetzt wissen, im bewussten Zustand ! Des Weiteren ist ihm ein Holzpflock aus Mahagoni ins Herz gestoßen worden. Laut Dr. Roche weißt der Pflock deutliche Spuren von Chrisam auf. Dies wird vorwiegend für Weihwasser benutzt. Dem Wasser wird bei der Weihe Salz und Chrisam hinzugefügt. Chrisam besteht aus Olivenöl, dem wohlriechende Balsame beigemischt sind. Die symbolische Bedeutung hierbei ist Leben, Reinigung, Gefährdung und Rettung. Durch den Einsatz von geweihtem Wasser soll jede Feindseligkeit des unreinen Geistes gebannt, der Schrecken der giftigen Schlange verjagt und der hilfreiche Beistand des Heiligen Geistes herbeigerufen werden. Die Botschaft ist für mich klar. Wir müssen natürlich auf breiter Ebene ermitteln, aber unser Hauptaugenmerk sollte auf schwere oder vermeintlich schwere, sexuelle Verfehlungen im Umfeld des Opfers liegen. Liebe, Sex, Eifersucht und Todesfälle. Welche ungeklärten Todesfälle gibt es in den zurückliegenden fünf Jahren, wo sich vielleicht ein Berührungspunkt zu unserem Opfer Gassmann herleiten lässt."

„Nun, dann müssen wir neben den Befragungen der Nachbarn, auch die Mitarbeiter und Freunde von Gassmann durchleuchten" schaltete sich Stina Wallison ein. „Das wird ein Mammutprogramm." Ihr Blick wanderte zu dem Polizeipräsidenten, welcher ebenfalls anwesend war. Der reagierte auch augenblicklich.

„Ich habe schon veranlasst, dass die SOKO ‚Trave' mit drei weiteren Kollegen aufgestockt wird. Schließlich wird von uns eine schnelle Aufklärung erwartet." Sprach's und entschuldigte sich mit weiteren dringenden Terminen.

„Drei Leute dazu. Das ist ein Tropfen auf den heißen Stein. Wie viele Überstunden sollen wir denn schieben?" Detlef Schlumpberger, ebenfalls Oberkommissar, wie Wallison, ärgerte sich hörbar. „Den sehen wir erst wieder, wenn es Prügel zu verteilen oder Lorbeeren zu ernten gibt."

„Besser als gar nichts" versuchte Wallison ihn zu beruhigen. „Viele Spuren hat uns der Täter nicht hinterlassen. Die Spurensicherung schätzt, dass der Mörder Handschuhe und eine Art Tyvek Anzug getragen hat, so wie sie die SpuSi selbst am Tatort überstreift. Das erklärt, warum wir keine weiteren, abgeschiedenen Zellen gefunden haben. Das erhärtet auch die Analyse von.., ähem..." Stina überlegte, wie sie den neuen Kollegen nennen sollte und entschied sich für das Sie. „..unserem Kollegen Doni" beendete sie den Satz.

„Umso erstaunlicher ist es für mich, dass wir diesen blutverschmierten Stiefelabdruck, der Größe achtundvierzig, gefunden haben. Sofern dieser vom Täter stammt. Derzeit gehen wir allerdings davon aus. Wer hat das Opfer zuletzt lebend gesehen ? Wie ist der Täter ins Haus gekommen bzw., wie hat er sich Gassmann genähert, ohne das dieser Verdacht geschöpft hat ? Kannten sich Täter und Opfer ? Tragen Sie mir alles zusammen, was relevant ist. Jedes Puzzlesteinchen ist wichtig. Die kleinen Dinge sind oft das entscheidende Detail. Hinterfragen Sie grundsätzlich alle Annahmen. Überprüfen Sie gründlich die Zeugenaussagen. Wir haben im Moment so gut wie nichts, aber ein Geist wird es nicht gewesen sein. Um effizient zu arbeiten, müssen wir eine Einteilung vornehmen. Bitte Frau Wallison und Herr Schlumpberger. "

Da der neue Hauptkommissar die Kollegen noch nicht näher kannte, übertrug er die Aufteilung der Arbeiten an die beiden.

Nach der Aufgabenverteilung legten sie ein neues Zusammenkommen fest. „Wir treffen uns morgen um dreizehn Uhr zu einem weiteren, gemeinsamen Austausch" beendeten die beiden Oberkommissare das Meeting.

015

Irritiert starrte der Professor auf den schwarzen Bildschirm. Stromausfall signalisierte ihm sein Gehirn. Schwerfällig schälte er sich nach einer Minute aus seinem bequemen Sessel. „Stromausfall" wiederholte er im Gedanken und schüttelte den Kopf. Für ihn machte es keinen Sinn. Am Wetter konnte es nicht liegen. Es gab kein Gewitter. Der Himmel zeigte sich klar, bei angenehmen Temperaturen. Am wahrscheinlichsten erschien ihm, dass bei Bauarbeiten eine Leitung gekappt wurde. Eine Baustelle hatte er jedoch nicht bemerkt. Seine Stromleitungen waren allesamt perfekt abgesichert. Auf solche Dinge achtete er. Trotzdem begab sich der Professor in den Hauswirtschaftraum, wo sich der Sicherungskasten gleich hinter der Tür befand.

Verwundert nahm er zur Kenntnis, dass seine Hauptsicherung herausgesprungen war. Der Schalter stand auf ‚off'. Kurzerhand legte er den kleinen Hebel um, sodass ihm jetzt die grüne Seite mit der Aufschrift ‚on' zugewandt war. Gleichzeitig gaben die Lautsprecherboxen wieder Musik aus dem Film ab. „Komisch" ging es ihm durch den Kopf. Rasch war der Sicherungskasten wieder verschlossen. Um in den Genuss der nächsten Szene zu kommen, einer seiner Lieblingsstellen, beeilte sich von Gassmann.

Im selben Moment, als er das großzügige Wohnzimmer betrat, versetzte es ihm eine Schockstarre. Ein lautes Geräusch begleitete das Versagen seiner Muskeln. Stumpf und unkontrolliert, sackte sein Körper auf den Boden. Der Aufprall auf den Boden wurde durch einen weißen Sitzsack gedämpft.

Bewegungsunfähig, ohne Orientierung, lag er im Schockzustand auf dem Teppich. Nach einigen Minuten kehrte die Denkfähigkeit bruchstückhaft zurück. „Komisch" dachte er wieder. Die Wahrnehmung seiner Umgebung schien zu funktionieren. Nur ließen sich die Hände und Füße nicht bewegen. Panik keimte in ihm auf. Wild schlug der Professor um sich und spürte erst nach einer Weile, dass sich eine Art Riemen in seine Handgelenke schnitten.

Kabelbinder.

Erklärungsdefizit.

Seine Nervenzellen schienen ihm einen Streich zu spielen. In seinem Blickfeld tauchte nun eine ihm gänzlich unbekannte Person auf. „Ein Albtraum" versuchte er sich einzureden. „Du hast zuviel von dem Wein getrunken. Du wachst gleich auf und lachst über diesen Quatsch" beruhigte er sich. Es kam anders.

Zwei starke Hände rissen ihn hoch und warfen ihn auf seinen Massagestuhl. Schmerz breitete sich im Rückenbereich aus. Angst überkam ihn. „Einbrecher, Kidnapper." Er verstand es nicht. Sein Haus war eine elektronische Festung. „Sie wollen Geld ? rief er. „Ich habe nichts im Haus. Das müssen Sie mir glauben. Nehmen Sie eines meiner Autos oder Bilder oder..."

Zwei stahlblaue Augen starrten ihn wortlos an. Anstelle einer Antwort nahm der Mann einen Knebel und stopfte diesen fest in seinen Mund. Er würgte. Langsam fing sein Verstand wieder an zu arbeiten. Die volle Ladung eines vier bis fünf Sekunden dauernden Stromschlag, verursacht durch einen Elektroschocker, hatte ihn für ein paar Minuten außer Gefecht gesetzt. Der Schulterbereich schmerzte immer noch und war wohl der Aufsatzpunkt. Er versuchte seine Situation klar und realistisch einzuschätzen.

Wenn es ein Raubüberfall ist, dann konnte er das mit Geld lösen. Davon besaß er genug. Nur in den Augen des Angreifers hatte er etwas gesehen, was ihn frösteln ließ. Wirkliche Feinde konnte er sich nicht vorstellen. Natürlich machte er auch illegale Geschäfte – nur hielt er sich dabei stets im Hintergrund. Seine Hände waren sauber. Darauf hatte er penibel geachtet. Seine Geschäftspartner hatten auch keinen Grund ihn auffliegen zu lassen. Im Gegenteil. Es war eine für beide Seiten fruchtbare Beziehung. Seit Jahren.

Eine Kommunikation war nicht möglich, was seine Lage nicht gerade verbesserte. Kommunikation ist die wichtigste Regel in Stresssituationen. „Warum redet der Typ nicht mit mir ? fragte sich zu Größenfelde. Der Fremde zeigte keine Eile und es schien, als wenn er einem Plan folgte. Seine Bewegungen wirkten sicher und routiniert. Ein Profi. „Nur aus welchem Genre ? Mit welchem Ziel ? Arbeitete der Mann aus eigenem Antrieb oder als Handlanger ? Fragen über Fragen schossen durch seinen Kopf. Auf externe Hilfe durfte der Professor nicht hoffen. Niemand vermisste ihn. Termine standen keine an. Familie gab es keine. Seine Reinigungskraft kam nicht vor morgen früh und seine Nachbarn waren es gewohnt, dass er sich total abschottete. Seine Lage erschien ihm im Moment nicht sehr rosig. „Wenn ich doch bloß reden könnte..." haderte er. Seine rhetorischen Fähigkeiten waren beinahe legendär. Seine Überzeugungskraft gab in schwierigen Verhandlungen oft den entscheidenden Impuls in die gewünschte Richtung.

So blieb ihm zunächst nur eine ungewohnte Statistenrolle. Die eines Zuschauers. Erst nach einer Weile realisierte er, dass der Mann in einem weißen Ganzkörperanzug steckte. So wie Kriminalisten an einem Tatort. „Polizei?" Das schloss er sofort wieder aus. „So geht kein Polizist vor, aber auch kein gewöhnlicher Krimineller! Jeder hat seinen Preis." Der Professor atmete nun etwas ruhiger. „Einen Polizisten zu bestechen wäre bestimmt schwieriger geworden. Mit Politikern und Zivilisten kannte er sich aus." Seine nun wachen Augen beobachteten jede Handlung des Eindringlings. Alles konnte wichtig sein, wenn es zu Verhandlungen kam.

Derweilen bereitete Jens Schröder die nötigen Werkzeuge vor. Er stand mit dem Rücken zum Hausherrn gewandt. Aus einer beigefarbenen Sporttasche entnahm er einen spitzen, etwa dreißig Zentimeter langen und drei Zentimeter dicken Holzstab aus Mahagoni. Dieser Holzstab wurde vor vier Wochen extra für zwei Minuten in Weihwasser gelegt. Schröder war nach dem Tod seiner Tochter und Ehefrau, dem katholischen Glauben wieder näher gekommen. Ein Strohhalm in seiner auseinander gebrochen Welt. Am Eingang jeder katholischen Kirche befand sich ein Weihwasserbecken. Am frühen Morgen ist eine Kirche fast immer leer.

Die Weihung des Pflocks sollte seine Tochter erlösen. Das Böse reinigen. Ganz nach dem Alten Testament. „Entsteht ein dauernder Schaden, so sollst du geben Auge um Auge, Zahn um Zahn, Hand um Hand, Fuß um Fuß, Brandmal um Brandmal, Beule um Beule, Wunde um Wunde und Leben um Leben."

Zu allerletzt nahm er ein steriles, eingeschweißtes Skalpell aus der Tasche. „Ein Paradox" stellte Schröder nüchtern fest. Dieser ‚Patient' benötigte keine sterilen Utensilien. Rasch riss er die Plastikfolie auseinander und legte es zu den anderen Werkzeugen. Als nächstes fixierte er den Professor mit Tampen an den Massagesessel. Der unbändigen Kraft Schröders hatte dieser nicht viel entgegen zu setzen.

Danach verließ er den Wohnzimmerbereich und begab sich in das oben gelegene Schlafzimmer, wo er den großen, ovalen Kristallspiegel, mit samt dem Ständer anhob. Obwohl der komplette Gegenstand beinahe einhundert Kilogramm wog, bereitete ihm der Transport ins Erdgeschoss keine Probleme. Er stellte den Spiegel so in Position, dass sich der Professor vollständig betrachten konnte. Mit einer roten Schere zerschnitt Schröder ihm seine teure, schwarze Jogginghose von BOGNER.

Nach weniger als zwei Minuten saß Professor Dr. Andreas zu Größenfelde splitterfasernackt in seinem geliebten Massagestuhl. So wie Gott ihn schuf oder was er mit der Zeit aus seinem Körper gemacht hatte. Spätestens zu diesem Zeitpunkt war ihm klar, dass er einen Psychopaten vor sich hatte. Diese Erkenntnis ließ endgültig Panik in ihm aufsteigen. Die Chance auf ein gutes Ende sank ins Bodenlose. Mit Psychopaten kann man nicht reden, selbst wenn er reden könnte. Man erreichte sie nicht.

Der Versuch eines Aufbäumens erstickte im Keim. Sofort bekam er kaum noch Luft, die Plastikfesseln schnitten schmerzhaft in seine Gelenke. Ermattet blieb ihm weiter nur die undankbare Aufgabe des Zuschauers. Was er sah ließ ihm das Blut in den Adern gefrieren.

Der Fremde sprach ihn nun erstmals an und fragte, ob er mit sich im Reinen ist. Dabei entzündete er 17 Kerzen, welche er mitgebracht haben musste. Seine Stimme klang tief und beruhigend. Dann sagte er nur einen Namen. „Anna." Professor zu Größenfelde schöpfte wieder ein klein wenig Hoffnung.

Jedoch nicht lange.

„Anna." Danach machte der Mann wieder eine kurze Pause. So, wie er es sagte, hatte zu Gößenfelde das Gefühl, dass sein Gegenüber meinte, ihm müsste ‚Anna' bekannt sein. In seinem Gehirn klickte es nicht.

Mit sanfter Stimme flüsterte er ihm wieder zu. „Neujahr 2008. Auf Bali."

Wie ein Blitz schossen ihm siedendheiß verschiedene Bilder durch den Kopf. „Anna hieß diese kleine Schlampe." Ihren Namen hatte er nicht gewusst und das Ereignis nicht weiter berührt. Ein Kollateralschaden aus seiner Sicht. Sie hatten ihren Spaß und dann lief etwas schief. „Sie war doch nur eine Eingeborene. Was wollte der weiße Typ jetzt von ihm ? Nach so langer Zeit."

„Ich werde Dir jetzt genau erzählen, was Dich erwartet" hörte er die sanfte Stimme wieder.

Je länger der Fremde sprach, um so stärker wurde sein Entsetzen. Mit jeder weiteren Sekunde wurde Professor Andreas zu Größenfelde bewusster, dass seine vielleicht letzten dreißig Minuten in diesem Leben angebrochen waren. An Wiedergeburt glaubte er nicht.

Mit wenigen geübten Schnitten öffnete Jens Schröder, derweil an fünf Stellen, pulsierende Adern nur soweit, dass zu Größenfelde der Lebenssaft ganz langsam aus dem Körper entrann. Nach zehn Minuten hob er mit seinen behandschuhten Händen den Penis an und durchtrennte die Muskelstränge. Die Augen vom Professor blickten glasig und voller Entsetzen in den Spiegel und verfolgten das Martyrium. Seine Schreie erstickte der Knebel. Klare Gedanken waren ihm nicht mehr möglich. Die Kerzen brannten dabei ohne Flackern langsam herunter. Das Schicksal zeigte sich ihm gegenüber gnädig und raubte ihm das Bewusstsein. Seine Lebensfunktionen sanken auf ein Minimum.

Den Abschluss der Handlungen erlebte er nicht mehr. Jens

Schröder nahm den geweihten Mahagonipflock und trieb diesen mit wuchtigen Schlägen direkt in das Herz von seinem Opfer. Professor Dr. Andreas zu Größenfeldes geschundener Körper stellte jegliche Lebensfunktion ein.

Eine Last fiel von den Schultern Schröders. Sein Versprechen, ihm selbst gegenüber war hiermit erfüllt. Dennoch breitete sich kein Wohlgefühl in seinem Körper und Geist aus. Er verspürte keinerlei Genugtuung. Keine Reue. Kein Mitleid. Nur eine seltsame Leere.

Mit akribischer Sorgfalt beseitigte Jens Schröder alle verräterischen Spuren. Eilig hatte er es nicht. In den nächsten zehn bis zwölf Stunden war kein Besuch zu erwarten.

Inzwischen herrschte draußen dunkle Nacht. Kurz vor Mitternacht. Eine laue Sommernacht. Eine Nacht wie geschaffen für Liebespaare. „Eine gute Nacht um zu sterben" dachte er und wunderte sich beim hinausgehen, wie einfach das Eindringen in das technisch hoch gesicherte Haus möglich war. Die Menschen vertrauten zu sehr der Technik und den Versprechungen der Wirtschaft.

Glück für ihn und Pech für zu Größenfelde.

016

Der laue Sommerabend verlangte nach ausreichend Flüssigkeit, um den Körperhaushalt im Lot zu halten. Wer zu wenig trinkt, dem drohen Dehydration, Nierenversagen oder ähnliches. Dem wirkten der XO und vor allem Dildo mit einigen Bieren entgegen. Die Pinte P2 war um die frühe Abendzeit noch nicht so stark besucht. Die meisten Gäste erschienen in der Regel gegen zweiundzwanzig Uhr oder noch viel später.

Zum Feierabend der heimischen Gastronomie und Hotellerie, suchten gerne die Angestellten dieser Betriebe das P2 auf. Einfach, um ein wenig runter zu kommen vom stressigen Dienstleistungsgewerbe. Nette Gespräche führen, der Musik lauschen und dabei sich ein paar ‚Absacker' zu genehmigen. In eine andere Szene eintauchen. Abschalten.

Auf den beiden großen TV Bildschirmen liefen heute, mangels Fußball, die Liveübertragung der Leichtathletik WM. Genau so, wie es Dildo prophezeite. Nach zwei Weißweinschorlen stieg der XO auf Bier um. Nicht ganz freiwillig. Dildo bestellte einfach und seine gute Laune riss ihn einfach mit.

Innerhalb weiterer zehn Minuten oder zweier Biere, fanden sich rund zehn neue Gäste ein. Darunter waren drei Pärchen und eine kleine Gruppe von vier gut gelaunte Frauen, welche sich gleich alle zu Dildo hingezogen fühlten. Dieser nahm die Herausforderung sofort an und unterhielt die kleine Gruppe mit Anekdoten und Witzen. Der XO mittendrin. Es blieb nicht aus, dass ein erotisches Knistern über den sechs Personen lag. Es stellte sich heraus, dass drei der vier Damen verheiratet waren, eine Single. Zur vorgerückten Stunde und etlichen Drinks weiter, man war mittlerweile zu Schnäpsen übergegangen, baggerten ausgerechnet die drei Ehefrauen Dildo und den XO massiv an. Die Singlefrau hatte sich schon mit dem Hinweis auf einen frühen Arbeitsbeginn verabschiedet.

Für Dildo lag nun die Schwierigkeit darin, zwei der Ehefrauen so zu becircen, dass keine der beiden sich übergangen fühlte. Um die dritte kümmerte sich bereits der XO, denn mit steigendem Alkoholpegel wurde er für die Avancen empfänglich.

Nachdem Dildo die zwei Frauen mit seinem ganzen Charme übergoss, starte er ein weiteres mal, mit seinem unglaublichen Repertoire an Witzen:

Ein schmaler, kleiner Mann sitzt traurig in der Kneipe, vor

sich ein Bier. Kommt ein großer, klobiger Kerl dazu, haut dem
Mann auf die Schulter und trinkt dessen Bier aus. Dieser
fängt an zu weinen.
Der Große: "Nun hab' Dich nicht so, du Memme. Flennen
wegen einem Bier!"
Der Kleine: "Na, dann pass mal auf.
Heute früh hat mich meine Frau verlassen,
Konto abgeräumt,
Haus leer.
Danach habe ich meinen Job verloren!
Ich wollte nicht mehr leben.
Daher legte ich mich auf's Gleis... Umleitung!
Wollte mich aufhängen... Strick gerissen!
Wollte mich erschießen ... Revolver klemmt!
Und nun kaufe ich vom letzten Geld ein Bier, kippe Gift rein
und du säufst es mir weg!"

Mit launigen Kommentaren quittierten die Frauen den Witz.
Ohne Pause gab Dildo den nächsten zum Besten:

Johannes liegt im Sterben. Seine Lieben sind bei ihm. Bevor
sein letztes Stündchen schlägt, flüstert er:
„Ich muss Euch etwas beichten. Bevor ich heiratete, besaß ich
alles, was ein Mann sich wünscht. Schnelle Autos, hübsche
Mädchen und jede Menge Geld. Doch ein guter Freund warnte
mich: ,Heirate und gründe eine Familie. Sonst ist einst in
deiner Todesstunde niemand da, der Dir ein Glas Wasser
reicht, wenn du etwas trinken möchtest.' Ich folgte seinem Rat.
Statt der Mädchen hatte ich nun eine Ehefrau und statt Bier
Babybrei. Ich verkaufte meinen Ferrari, legte Geld an für das
Studium meiner Kinder. Nun liege ich hier, und soll ich Euch
etwas verraten?"
„Was?"
„Ich hab' gar keinen Durst!"

Alle lachten und der XO wunderte sich im Stillen, dass keine
schlüpfrigen Witze dabei waren. Eine Spezialität von Dildo.
In der Zwischenzeit servierte Donald die nächste Runde und
stellte Knabbergebäck auf den maritimen Bug-Tisch, um
den sich die fröhliche Gruppe scharte. Dieser Tisch ist eine

Augenfreude der Bootsbaukunst und ähnelt der Front eines Segelbootes. Es gab ein klirrendes Geräusch beim Anstoß der fünf Gläser und vielsagende Blicke huschten über den Tisch. Das Knistern verstärkte sich. Ungeachtet dessen, legte Dildo weiter nach:

Lehnt sich ein Schäfer, inmitten seiner Herde, gerade gemütlich auf den Stock, als ein gelber Ferrari anrauscht. Ein geschniegelter Typ springt heraus und sagt zum Schäfer:
"Ey, Meister. Wenn ich Dir genau sage, wie viele Schafe Du in Deiner Herde hast, darf ich mir dann eins aussuchen ?"
Der Schäfer zieht die Augenbrauen hoch, dann sagt er knapp:
"OK."
Der Yuppie klappt seinen Laptop auf, wählt sich ins Internet ein, rechnet drei Minuten herum und lächelt siegessicher:
"2295 ! Stimmt's ?"
Die Augen des Schäfers funkeln böse. "Whow. Ja !"
Der Yuppie hüpft ewig zwischen der Herde herum, begutachtet die Tiere und wählt nach langem Hin und Her eines aus. Da streicht sich der Schäfer langsam durch den Bart und will wissen: "Wenn ich Dir sage, was Du von Beruf bist, bekomme ich dann mein Tier wieder ?"
Der Yuppie willigt ein und der Schäfer sagt:
"Unternehmensberater."
Verblüfft fällt dem Yuppie die Kinnlade runter: "Woher weißt Du das ?" hakt er nach.
Poltert der Schäfer los: "Ganz einfach: Du kommst ungebeten, sagst einem, was man eh schon weiß, und hast von nichts 'ne Ahnung - und jetzt gib mir meinen Hund wieder !"

Der XO kannte den schon, lachte aber mit. Die drei Frauen bekamen sich beinahe nicht wieder ein. Sie forderten weitere Witze ein und Dildo lieferte, wie am Fliesband:

Ein Ehepaar jenseits der achtzig geht in einen Schnellimbiss, wo sich beide einen Hamburger und eine Portion Pommes frites gerecht aufteilen. Ein junger Mann hat Mitleid mit ihnen und bietet an, der alten Dame eine eigene Mahlzeit zu spendieren. „Nein, danke !" sagt der Ehemann. „Wir teilen immer alles."

Weil sie noch keinen Bissen gegessen hat, bietet der junge
Mann erneut der alten Dame eine eigene Mahlzeit an.
„Sie wird noch essen" versichert ihm der Ehemann. „Wir
teilen immer alles."
„Und warum essen Sie dann noch nicht?" fragt der junge
Mann die Frau.
Darauf sie genervt: „Weil ich auf die Zähne warte!"

Nun schüttelten sich alle am Tisch vor Lachen. „Höre auf"
bat die blonde Frau, mit der Claus bereits erste Tuchfüh-
lung aufnahm. Seine linke Hand schob sich unter ihr dünnes
Jäckchen. „Ich bekomme sonst einen Lachkrampf" gackerte
sie. Sie beugte sich nun zum XO und flüsterte ihm etwas ins
Ohr. Die Miene von Claus veränderte sich nicht, aber er
nickte unmerklich.

„Mir liegen da noch zwei schöne auf der Zunge" grinste
Dildo und schnalzt mit der Zunge, bevor er sie weit heraus-
streckte.

Eine attraktive Frau reibt an einer Lampe und ein roter Geist
erscheint. „Du hast ein gutes Herz, deshalb hast Du einen
Wunsch frei" sagt der Geist zu ihr.
„Siehst du diesen Kater? Er ist meine einzige Gesellschaft.
Aber lieber wäre mir ein starker, schöner Mann."
Der Geist ist einverstanden und schwups sitzt vor ihr ein
fantastisch aussehender junger Mann. Die Frau überhäuft ihn
sogleich mit Küssen und fragt: „Möchtest du noch etwas sagen,
bevor wir zusammen ins Bett gehen?"
„Ja" antwortet er. „Ich wette, Du wünschst Dir gleich, Du
hättest mich letzte Woche nicht kastrieren lassen."

Die Stimmung kochte und die Hand von Claus taste sich
unauffällig, zumindest redete er sich das so ein, weiter Richtung Nacken. Die blonde Frau ließ ihn gewähren und warf
ihm verheißende Blicke zu. Ihre weiße Bluse schimmerte im
Licht der pinkfarbenen LED ein wenig rosa. Hierdurch
wirkte sie mit ihren blonden Haaren und dem glatten Gesicht, wie eine gesunde Ausgabe einer schwedischen Barbie-
puppe. Derweilen gurrten die beiden dunkelhaarigen Schön-

heiten um die Gunst Dildos. Wer das Rennen machen würde, konnte bislang keine entscheidend für sich beantworten. Es herrschte trotzdem eine entspannte Atmosphäre zwischen den Beteiligten. „Ein letzter geht noch" warf Dildo ein:

Nach einer wilden, kurvenreichen Verfolgungsjagd stoppt die Polizei Jan. „So viel Spaß hatte ich den ganzen Tag nicht" sagt der Polizist. „Wenn Sie eine gute Entschuldigung haben, belassen wir e bei einer Ermahnung."
„Vor drei Wochen hat mich meine Frau wegen eines Polizisten verlassen" erklärt Jan. „Als ich Ihr Auto kommen sah, fürchtete ich, Sie wollten sie zurückbringen."

„Ohhhh" schmollten die Frauen unisono, gespielt. „Den kann ich aber noch toppen" rief die Blonde:

Unterhalten sich zwei Frauen.
Meint die eine: "In letzter Zeit habe ich immer so Sprachschwierigkeiten. Letztens wollte ich sagen: Ich will Wein trinken. Stattdessen sagte ich: Ich will Trein winken."
Darauf die andere: "Mir ging es neulich ganz ähnlich. Beim Frühstück wollte ich zu meinem Mann sagen: Gib mir bitte mal den Kaffee. Stattdessen sagte ich zu ihm: Du verdammtes Arschloch hast mein ganzes Leben versaut!"

Mittlerweile ging die Uhr auf zwei Uhr zu. Von der Leichtathletik WM hatten der XO und Dildo nichts mitbekommen. Die Damengesellschaft und die Stimmung ließen das einfach nicht zu. Die Zeche von knapp einhundertachtzig Euro rundeten sie auf zweihundert. Sie schauten sich kurz an und der XO lallte: „Da ha.., da hammer Yorks Gnesung abba käfig.., ähem, kräffig angäschubst..."

Eingehakt und gegenseitig stützend, wankten alle fünf die Rose runter zur Autofähre. Das timing passte. Halbstündig wird die Fahrt nachts durchgeführt. Sie betraten gerade die Fähre, als ein Klingeln ertönte, die rotweißen Schranken sich schlossen und die Überfahrt startete. Auf dem Priwall angekommen, benötigten sie noch einmal zwanzig Minuten, bis sie es endlich auf die ‚o.li' schafften – ohne das jemand ins

Hafenbecken fiel.

Dildo startete die Musikanlage. Es erklang Manuel Riva & Eneli mit ‚Mhm Mhm' aus den Bluetooth Boxen. Die schummerige Beleuchtung unter Deck ließ Dildo gerade noch erkennen, dass Claus mit der Blonden in seiner Kammer verschwand. Sekunden später entkleideten sich ‚seine' beiden Begleitungen und schickten sich an, ihn nicht nur mit heißen Küssen zu bedecken. Vier zarte Hände spürte er überall am Körper. Gefühlt schoss ihm das gesamte Blut in seinen Lendenbereich und sein ‚bestes Stück' schwoll zu ganzer Härte an. Die beiden Frauen, Elaa und Karin („oder hießen sie Eva und Karen ?") stöhnten voller Vorfreude auf. Geschickt streiften sie sein Shirt und Hose ab, drückten ihn sanft auf die Koje, bevor sie sich ihn beim nächsten Musikstück, ‚Don't worry' von Madcon, schon zu Willen machten.

Im Kopf des XO drehte sich alles. Die intime Fummelei der Frau machte es auch nicht besser. Das letzte was er mitbekam klang wie ‚...n't worry'.

017

Do-10.August-2017

Vormittags um zehn Uhr zwölf, ging ein Anruf bei der Polizeizentrale, unter der Notrufnummer 110 ein. Eine Frau mit erregter Stimme, versuchte eine verständliche Nachricht zu formulieren. Es gelang ihr nicht.

Zumindest schaffte Sie es, eine Adresse anzugeben. Zwei Polizisten in einem Streifenwagen wurden losgeschickt, um der Sache auf den Grund zu gehen. Derlei Einsätze sind

Routineeinsätze für die Polizei. Meistens gilt es Streitigkeiten unter Familienmitgliedern zu schlichten, einen Einbruch aufzunehmen oder sogar einen Schlüsseldienst zu empfehlen, wenn sich eine Person ausgeschlossen hat. Nicht selten trafen sie auf verwirrte, ältere Personen, die irgendwelchen Einbildungen aufgesessen sind. Dann wurden Angehörige benachrichtigt oder der sozialpsychiatrische Dienst bemüht. Routine eben.

Entsprechend entspannt bogen die zwei Polizisten, in ihrem silberblau farbigen VW Bus, mit den typischen, neongelben Markierungen, zum angegebenen Ziel Alfred-Hagelstein-Straße ein. Vor der angegebenen Hausnummer saß eine a- pathisch dreinblickende junge Frau. „Hoffentlich nicht wieder so ein Fall von häusliche Gewalt" sagte der Beifahrer zu seinem Kollegen. „Das wird gefühlt immer mehr und betrifft alle sozialen Schichten. Findest Du nicht auch, Bernd?" fügte er an und deutete auf die imposante Villa. „Schaue Dir nur diesen pompösen Garagenanbau an. Da ist alleine schon Platz für eine zehnköpfige Familie." Während er leichtfüßig aus dem Wagen sprang, schälte sich sein Kollege ächzend hinter dem Steuer heraus. Beide setzten ihre Dienstmützen auf.

Sie stellten der jungen Frau ein paar Fragen, die sie jedoch nicht beantwortete. Mit glasigen Augen schien sie durch die Beamten hindurch zu sehen. Zitternd zeigte sie auf die Eingangstür, welche zur Hälfte offen stand. „Gerald, wir müssen einen Arzt oder Sani hinzuziehen. Die Frau steht unter Schock oder Drogen. Ich informiere die Zentrale."

„Ich mache mir inzwischen ein Bild von der Lage" erwiderte Gerald und bewegte sich selbstbewusst auf den Eingang zu. Zur eigenen Sicherheit löste er den Verschluss seines Holsters und zog seine Dienstwaffe, eine Walther P99Q, mit fünfzehn Schuss Magazin. Mit fester Stimme rief er in den Hauseingang hinein und gab sich als Polizist zu erkennen. Umsichtig arbeitete er sich Raum für Raum vor. Nichts deutete auf eine ungewöhnliche Situation hin. „Bestimmt ist die auf Droge" mutmaßte er.

Noch einmal rief er deutlich seine Standardansage. Ohne Resonanz. Das Haus und die Einrichtung versprühten puren Luxus. Luxus, den er sich nie würde leisten können. Zumindest nicht von seinem Gehalt. „Was musste man anstellen, um dies alles zu finanzieren?" fragte sich Gerald.

Nun nahm er einen Brandgeruch wahr. Ähnlich einer abgebrannten Kerze. Neugierig betrat er vorsichtig das nächste Zimmer. Seine Instinkte schlugen Alarm, sodass er die schwere Waffe fester umschloss. Der große Kristallleuchter blendete ihn ein wenig, aber nur kurz.

Auf einem riesigen Fernsehbildschirm sah er ein eingefrorenes Bild. Eine junge, fast kindliche Frau im Blätterwald. Mit einer Weichzeichnerlinse eingefangen. Ein sehr stimmiges, romantisches Bild. Mit einem Hauch von Erotik. Davor stand ein ausladender Massagesessel. Die Rückenlehne war dem Beamten zugewandt. Der Raum schien leer und einen zweiten Zugang gab es nicht. Mit ein paar Schritten bewegte sich der Polizeimeister auf den Sessel zu. Erst jetzt bemerkte er den großen roten Fleck unterhalb des Sessels. Konzentriert bis in die Haarspitzen umrundete er nun die Sitzgelegenheit in gebührenden Abstand und entdeckte eine Person auf dem Sessel.

Erschrocken riss er die Augen auf. „Jesus" entfuhr es ihm. Wie parallelisiert stierte er auf das grauenvolle Bild, was sich ihm darbot. Er verharrte so beinahe eine endlose Minute. Unfähig sich zu bewegen. Unfähig das Bild einzuordnen.

Nachdem sich die Blockade löste, stürzte der Polizeimeister aus dem Haus und rempelte dabei seinen verdutzten Kollegen am Hauseingang an. „Hey, hey. Gemach, gemach mein lieber" rief Bernd. Im erst besten Blumenbeet erbrach er sein komplettes Frühstück.

„Ist hoffentlich nicht ansteckend" scherzte Bernd und verschwand im Haus. Im Hintergrund war Sirenengeheul zu vernehmen. Medizinische Hilfe war unterwegs.

Der Notarzt traf gerade am Grundstück ein, als der Polizeimeister Bernd aus dem Haus gestürmt kam und sich ebenfalls im Blumenbeet erbrach. Zwei kreidebleiche Beamte empfingen den Notarzt. „Die Leitstelle hat von einer Person gesprochen. Ich sehe jetzt schon drei" bemerkte er trocken.

„Schon gut" beschwichtigten die beiden Beamten. „Wir sind in Ordnung" krächzte Bernd, nicht gerade überzeugend. „Die junge Frau braucht Versorgung." Während dessen funkte Gerald die Zentrale an und löste mit dem internen Code 107 eine Kettenreaktion aus. Die Spurensicherung inklusive Gerichtsmediziner, das Morddezernat sowie weitere Kollegen wurden alarmiert.

Keine dreißig Minuten später war die ansonsten eher ruhige Straße nicht mehr wieder zu erkennen. Weiträumig wurde der Tatort abgesperrt. Die Straße komplett für den Durchgangsverkehr gesperrt. Ein Dutzend Einsatzwagen verschiedenster Art, sowie vier zivile Fahrzeuge der Kripo und der Wagen des Rechtsmediziners, standen vor dem Grundstück. Einige Schaulustige hatten sich eingefunden und auch die Presse versuchte sich Zutritt zu verschaffen.

POK Stina Wallison sprach gerade mit Helge Normann von der Travemünder Aktuell. Das Stadtteilmagazin erschien zwar nur monatlich, aber die online Ausgabe wurde ständig aktualisiert. Der Fotograf Karl Vögele schoss dazu die Bilder im Außenbereich. Wallison vertraute beiden und gab zu diesem Zeitpunkt nur ihnen ein paar Informationen. Eine erneute Pressekonferenz sollte später stattfinden.

An der Absperrung zur Lembkestrasse hörte Stina Wallison erregte Stimmen. Sie blickte auf. Der neue Lübecker Hauptkommissar Rene Doni erschien am Tatort. „Solche Trottel" schimpfte er. „Die Dorfpolizisten wollten mich nicht durchlassen, weil sie mich nicht kennen. Bis ich meinen Ausweis endlich rausgekramt hatte, dauerte es `ne Weile" beschwerte er sich bei Wallison.

„Nun, genau dies ist ihre Aufgabe. Den Tatort abzuriegeln. Das hat ja denn geklappt" merkte sie trocken an und musterte den Hauptkommissar. Heute früh sah er ziemlich lädiert aus, stellte sie fest. Ein leichter Restalkoholgeruch umgab Doni auch. Jetzt war es kurz vor zwölf Uhr. Wenn es Restalkohol war, dann musste er abends eine erhebliche Menge getrunken haben. Wenn es kein Restalkohol war, dann hat dieser Mann ein Problem, erkannte Wallison. „Fahrtüchtig nach dem Gesetz ist er sicher nicht, aber das soll jetzt nicht mein Problem sein. Wahrscheinlich ist er auch nicht mit dem Wagen gekommen – so spät wie er hier auftauchte" hoffte sie.

„Meinen Wagen musste ich auch draußen stehen lassen" meckerte er gerade und strafte ihrer Hoffnung Lügen.

Innerlich stöhnte Wallison auf. Soweit sie bis jetzt informiert ist, lebt Rene Doni auf einem Hausboot im Travemünder Fischereihafen. Sie ließ sich vorerst nichts anmerken, nahm sich aber vor, ein Auge darauf zu werfen. Das letzte was sie brauchten, war ein alkoholabhängiger Ermittler. Dies konnte für sie oder einen ihrer Kollegen gefährliche Folgen haben.

Sie wurde von Dr. Roche, dem Lübecker Rechtsmediziner abgelenkt. „Hallo Stina" begann er und versuchte ein Lächeln auf seine schmalen Lippen zu zaubern, was misslang. Er konnte das einfach nicht. Ihm fehlte die Übung. In seinen kalten Katakomben bekam er selten Besuch und private Kontakte gab es schlichtweg nicht. Dennoch war er nicht unzufrieden mit seiner Situation. An erster Stelle hatte er sich der Wissenschaft verschrieben. Er war ein brillanter Rechtsmediziner und auch ein Spezialist der forensischen Ballistik, technischen Formspuren und Fingerabdrücke. „Stina" begann er noch einmal „wir haben es hier eindeutig mit einem Serienmörder zu tun. Identische Abläufe, wie im Fall ‚Gassmann'. Bei dem Toten handelt es sich ziemlich sicher um den Hausherrn Professor Dr. zu Größenfelde. Meines Wissens nach, ist er CEO der AzG AG in Bad Schwartau. Ein wirtschaftliches Schwergewicht. Das findet ihr ja noch genauer heraus. Den Todeszeitpunkt taxiere ich auf etwa dreiundzwanzig Uhr."

Er hielt ganz kurz inne. „Noch eine kleine Duplizität. Auch Gassmanns Todeseintritt lag im gleichen Zeitfenster. Das kann natürlich Zufall sein."

„Einen Trittbrettfahrer kannst Du jetzt schon mit Sicherheit ausschließen?"

„Ganz sicher, Stina. Die Schnitttechnik zum ausbluten, das Abtrennen des Penis und die Aushöhlung der Augen ist identisch. Der Pflock im Herzen. Da gibt es keinen Zweifel. Der Pflock ist übrigens sehr speziell und laut meinen Recherchen nicht in Europa erhältlich. Diese Machart wurde nur in Südostasien hergestellt und nach Rücksprache mit dem Hersteller, nur in Indonesien und Australien mit limitierter Stückzahl vertrieben. Dies auch nur im Jahr 2015 und 2016. Die exakt produzierte Stückzahl ist 108. Eine Zahl mit starker, symbolischer Kraft. Sie ist zum Beispiel eine Harshardzahl, das heißt, sie ist eine natürliche Zahl, welche sich durch ihre Quersumme teilen lässt. Eins plus Null plus acht ist neun. Einhundertacht geteilt durch neun ist zwölf."

„Da sehe ich aber keine symbolische Kraft drin" zweifelte Hauptkommissar Doni mürrisch. Er hatte den letzten Ausführungen Roches zugehört.

Doch Roche ließ sich nicht irritieren. „Wesentlich bedeutender ist diese Zahl jedoch im Hinduismus und Buddhismus. Eine Mala besteht in der Regel aus 108 Perlen zur Wiederholung eines Mantras. Die hinduistischen Gottheiten haben 108 Namen. Die Rezitation der 108 Namen, begleitet vom Abzählen der 108 Mala Perlen, gilt als heilige Handlung und wird oft in religiösen Zeremonien durchgeführt. Auf den Fußsohlen thailändischer Buddha Statuen befinden sich häufig 108 Symbole und einer der wichtigsten Götter im Hinduismus, Shiva, tanzt als Nataraja seinen kosmischen Tanz mit 108 verschiedenen Tanzschritten. Die Aufzählung lässt sich noch weiterführen. Vielleicht ist das ein loses Ende, was lohnt, es näher zu beleuchten" beendete der Rechtsmediziner vorerst seinen kleinen Vortrag.

Stina Wallison nickte ihm anerkennend zu. Der HK Doni gähnte gelangweilt. „Sie wollen doch hier keinen religiösen Ansatz herleiten ? Das ist mir zu dürftig. Hass, Gier vielleicht. Ich tendiere mehr zu einem durchgeknallten Freak. Einen Psycho und keinen Glaubenskrieger." Fahrig spielte er mit seinem Zopf. „Ich habe Durst. Wo gibt es denn hier etwas zu trinken ?"

Beide gingen auf seine Frage überhaupt nicht ein und Roche holte weiter aus.

„Hier wird meines Erachtens eine bewusste Handlung sichtbar gemacht. Eine Art an den Pranger stellen, einen über deren profane Alltagsbedeutung hinaus weisenden Bedeutungs- oder Sinnzusammenhang, symbolisch darzustellen. Ein Hinweis. Eine Opferdarbietung. Ein Menschenopfer für ein übermenschliches Wesen, also einer Gottheit oder eventuell auch einem Toten dargeboten. Diese beiden Tötungen fallen meiner Einschätzung nach, eher in die Kategorie Ritualmord und sind Tötungen eines Menschen als rituelle Handlung. Die richtigen Schlüsse müsst Ihr natürlich ziehen. Ich fahre zurück nach Lübeck ins Institut. Aber eine wichtige Sache noch." Wieder machte Dr. Kevin Roche eine Kunstpause, um den Worten etwas mehr Gewicht zu verleihen. „Die Pflöcke sind nummeriert. Die Nummer ist nur unter einer Vergrößerung zu erkennen. Gassmanns Pflock trug die Nummer 107 und hier haben wir es mit der 108 zu tun !"

„Das macht die Sache interessant" freute sich Wallison.

„Ich habe immer noch Durst" knurrte HK Doni.

„Wir hören und sehen uns" verabschiedete Roche sich rasch. Ein wenig ärgerte er sich über den blasierten Hauptkommissar. Sympathie brachte er für ihn nicht auf.

Ganz anders seine heimliche Zuneigung gegenüber Stina Wallison. Das behielt er aber für sich.

018

Im Passathafen gab es in diesem Jahr tagsüber keine Stille. Die Bauarbeiter begannen jeden Morgen pünktlich um sieben Uhr. Der unangenehme Lärmpegel störte nicht nur die Segler, welche viel Geld für ihren Liegeplatz an die Stadt zahlen und dafür mitten in einer Baustelle leben. Auf der Travemünder Seite werden die Anwohner ebenfalls durch den Baulärm und die Staubentwicklung belästigt. Wenn auf dem Priwall für einige Minuten Ruhe einkehrt, dann gibt es kostenlosen Lärm von der Großbaustelle auf dem ehemaligen Schwimmbadgelände, wo weitere Ferienwohnungen und eine Hotelanlage, in Form eines umgestürzten Maritims, hochgezogen werden. Die massive Staubentwicklung überzieht alles, was in einem Umkreis von ein bis zwei Kilometer liegt. Für die hohe Liegeplatzmiete fällt dann wenigstens oft die codegesteuerte Sanitärzugangstür oder der komplette Strom am Steg aus. Im Hafenmeisterbüro läuft derweil nur ein Anrufbeantworter. Leicht verdientes Geld.

Das funktionierte auch schon einmal viel besser, aber das nennt sich wohl heute Modernisierung, Optimierung von Arbeitsabläufen und für die ‚Zukunft' aufstellen. Die Stadt ist Stolz auf ihre Fortschritte und die Betroffenen sprechen von dreister Abzocke.

Kaffeeduft waberte durch die ‚o.li'. Die Nase des XO registrierte das Aroma und leitete es direkt in sein benebeltes Hirn. Das Öffnen der Augen strengte ihn unsäglich an. Ein Stöhnen begleitet diesen Kraftakt. Sein Kopf schien unendlich schwer und seine Gliedmaßen gehorchten nicht. Im Hintergrund nahm er einen pfeifenden und gut gelaunten Dino Hopf wahr. Das Hämmern in seinem Kopf lag nicht an dem Baufahrzeug, unweit des Liegeplatzes. Claus spürte etwas Warmes auf seinem Oberschenkel. Vorsichtig tastete er danach und erschrak.

Eine Hand. Eine Hand, die ihm nicht gehörte. So viel war ihm sofort klar. Mühsam schälte er sich aus seiner Bettdecke und blickte auf zwei riesige Brüste. Die wiederum gehörten zu einem schlanken Körper, auf dem ein langer Hals folgte. Er vermutete, dass darauf ein Kopf saß. Erkennen konnte der XO das nicht, denn ein Wust von blonden Haaren versperrte ihm die Sicht. Ungeschickt versuchte er das Gesicht heraus zu arbeiten, um seiner Erinnerung auf die Sprünge zu helfen.

Dabei fielen sämtliche Haare aus, beziehungsweise hielt er sie alle in der Hand. Entsetzt starrte er auf den Skalp in seiner Hand. Die Person, wer immer sie auch ist, ist tot, vermutete er. Sein Herzschlag schien einen Moment auszusetzen.

Es dauerte einige Sekunden, bis sich die Erkenntnis breit machte, dass er eine blonde Perücke in der Hand hielt. Zum Vorschein kam ein Gesicht mit grauen, kurzen Haaren. Sein Gedächtnis begann zu arbeiten. Achtunddreißig schien eindeutig gelogen. Der Alkohol hatte ihr die Lüge leichter gemacht. Nun schätzte er das Alter realistisch auf etwa fünfndfünfzig. Dafür sah sie immer noch blendend aus. Sie schlief noch fest.

Leise schlich er durch den Salon und stieg zur Plicht auf. Dildo saß dort mit einem Kaffeebecher in der Hand und tippte mit der anderen in seinem Smartphone.

„Morgähn" rief er und grinste den XO an. „Endlich wach ? Wird ja auch mal Zeit. Die Cappuccinomaschine ist an. Das weckt die Lebensgeister."

„Ich habe einen totalen Filmriss. Wie ist die Frau an Bord gekommen? Wie heißt die eigentlich ? Wie konnte das nur passieren ?"

„Lass gut sein. Genieße das Leben. Wir haben doch viel Spaß gehabt. Du warst gestern Abend richtig gut drauf. Respekt ! Und, wie war der falsche Fuffziger ?"

„Du wusstest etwa, dass sie mit gezinkten Karten gespielt hat ?"

„Das kann doch sogar ein Blinder sehen. Ich finde, sie hat eine tolle Figur und eine jugendliche Ausstrahlung. Du warst doch ganz begeistert. Gestern."

„Ach Dildo. Ich weiß auch nicht, was in mich gefahren war. Ihre Brutwarzen haben mich so freundlich angelächelt..." Er zuckte mit den Schultern. „Da werde ich doch schon mal schnell schwach. Scheiß Alkohol !" Nun kratzte er sich an die Stirn. „Es brummt hier drin."

„Zum Schluss hast Du noch zwei Jägermeister und zwei Aquavit reingekippt. Ich konnte Dich nicht davon abhalten. Du bist schon ‚Volljährig' hast Du mir klar gemacht. Das geht wieder vorbei" grinste Dildo und kam nicht umhin, noch einen Witz anzubringen:

Sohn fragt den Vater: "Papa, was ist eigentlich ein Alkoholiker ?"
Vater: "Siehst Du die vier Bäume da ? Ein Alkoholiker sieht da acht Bäume."
Sohn: "Aber da stehen nur zwei..."

Dildo lachte herzhaft und der XO brachte nur ein gequältes Lächeln zustande.

„Schatz ?" hörten beide eine weibliche Stimme aus dem Schiffsrumpf rufen.

Dem XO entglitten augenblicklich sämtliche Gesichtszüge.

Dildo sah zu ihm herüber und gluckste. „Du bist aber auch ein Glückspilz" foppte er ihn. „Ich denke, da geht noch mehr. Happy Birthday !"

„Kannst Du das regeln ? Kopfscherzen für einen Tag reichen mir. Es muss doch nicht für das ganze Leben sein."

„Schaaatz ?" vernahmen sie die Stimme wieder.

Das Frühstück im aROSA mundete Jörg Schröder ausgezeichnet. Nach einer kurzen Nacht absolvierte er, ab sieben Uhr im leeren Fitnessbereich, ein fünfundvierzig Minuten Intensivtraining. Im Anschluss schwamm er 500m Kraulstil in sieben Minuten zehn Sekunden und relaxte im Warmbad liegend auf einer Poolnudel. Dort befand sich nur ein kahlköpfiger Gast, der unbeirrt seine morgendliche Wassergymnastik zelebrierte.

Gleich nach dem umfangreichen Frühstück, packte Schröder sein Gepäck, checkte an der Rezeption aus und fuhr mit seinem unscheinbaren, dunkelblauen VW Golf Variant, entspannt in Richtung Autobahn.

Das Navigationsgerät berechnete ihm eine Stunde und dreiundzwanzig Minuten Fahrzeit, inklusive dem dauerhaften Baustellenstau an der BAB Anschlussstelle Dänischburg.

Die Fahrzeit entsprach genau den bereit gestellten Daten. An seinem Zielort gab er den Wagen bequem an die Autovermietung zurück. Im Terminal 1 des Hamburg Airport „Helmut Schmidt", checkte er unter seinem richtigen Namen über Dubai nach Bali ein. Sein Flug EK060 mit Emirates, sollte um sechzehn Uhr fünfundzwanzig starten. Bis zum Boarding blieben ihm noch knapp drei Stunden. Schröder entschloss sich spontan zu einer Akupressurmassage. Danach blieb ihm noch genügend Zeit zum Shoppen und um eine Kleinigkeit zu essen.

In vierundzwanzig Stunden hatte Bali ihn wieder zurück. Seine neun Jahre andauernde Mission hatte er gestern erfolgreich beendet. Schröder nahm auf dem Massagestuhl Platz. Einfühlsame Hände fingen an, seinen muskulösen Hals zu kneten. „Farewell meine Lieben, wir sehen uns alle wieder !"

Eine schwere innere Last fiel von seinen Schultern.

Fr-11.August-2017

Der Verkehr bewegte sich zäh durch die Straßen Lübecks. Selbst um diese Zeit, wo der morgendliche Berufsverkehr abebbte, schienen die Wege überall verstopft.

„Scheiß Baustellen" fluchte der XO. „Hier gibt es keine Chance, dem Chaos zu entgehen. So geht das schon lange und wird auch so in absehbarer Zeit bleiben. Was für eine Verkehrsplanung."

„Wir haben es nicht eilig" beruhigte ihn York. Da Stina zur Dienstbesprechung ins Morddezernat nach Lübeck und zur anschließenden, eilig einberufenen Pressekonferenz musste, übernahm Claus das Abholen von York aus der Uniklinik.

„...alles halb so wild" berichtete York gerade. „Mein Zimmernachbar hat es viel schlimmer getroffen. Er hat gerade, von seiner frisch verstorbenen Tante, über eine Millionen Euro geerbt. Jahrelang hat er sie, obwohl sie eine Nervensäge war und er das finanziell kaum stemmen konnte, unter schwierigen Umständen gepflegt und gehegt. Nach ihrem Tod stellt sich heraus, dass die als mittellos geltende Dame Millionärin war. Nun könnte man meinen, was hat der Mann als Alleinerbe für ein Glück gehabt. Gestern erhält er die erschütternde Diagnose ‚Pankreaskarzinom', Bauchspeicheldrüsenkrebs. Sehr aggressiv. Seine Überlebensdauer liegt bei vier bis sechs Monaten. Der Mann würde gerne wieder tauschen und arm sein."

Nachdenklich schaute der XO York an. Sie schwiegen beide eine Weile.

"Ist schon krass, wie und wo das Schicksal zuschlägt. Mit Geld kann man da nichts ausrichten. Steve Jobs und Patrick Swayze haben das gleiche Schicksal erlitten und ihr Vermögen hat ihnen nichts, aber auch gar nichts genutzt" steuerte Claus bei. „Carpe diem – nutze den Tag."

„Da ist viel dran. Man muss es sich nur jeden Tag aufs Neue bewusst machen, dass das Leben ein Geschenk ist. Ein begrenztes Geschenk. Jeder Mensch muss es zurückgeben, egal wie reich oder arm, egal wie intelligent oder schön, egal wie gerissen oder gütig jemand ist ! Das macht das Leben so besonders und so wertvoll. Der Großteil der Menschheit vergisst das und hetzt sein Leben lang irgendwelchen materiellen Dingen nach. Dabei verpassen sie das wirkliche Leben." York seufzte.

„Dazu die unendliche Gier der Menschen, Verblendung und Schädigung des Planeten durch Homo sapiens. Da ist es nicht einfach, nicht in Depressionen zu verfallen. Allein der Raubbau an der Natur bringt mich an den Rand des Wahnsinns. Sehenden Auges verspielt die Politik und Wirtschaft die Zukunft der nächsten Generationen. Immer haben sie nur die nächsten Wahlen vor Augen, ihre eigenen Pfründe und sägen kräftig mit am Ast, auf dem auch sie sitzen. Es geht immer nur weiter, weiter, höher und höher. Zum kotz...," redete sich Claus in Rage.

„Nimm das Klima" hakte nun York ein. „Die einen leugnen den Klimawandel und bekämpfen Bemühungen zum reduzieren des CO_2 Ausstoß, um weiter mit Volldampf zu produzieren, die anderen betreiben Augenwischerei. Den Autofahrern werden zum Beispiel in Europa enorme Abgaben auferlegt. Das ist vom Grundsatz ja nicht schlecht. Wenn Du Dir jedoch klar machst, dass die (nur) fünfzehn größten Kreuzfahrtschiffe, so viel CO_2 rausschleudern, wie weltweit alle Autos zusammen, weißt Du was die Uhr geschlagen hat. Es geht wieder nur um Geld. An das Geld der vielen Autofahrer kommen sie leicht ran. Die Schifffahrtslobby ist bisher einfach zu stark. Erst ab 2025 sollen die Schwefelemissionen spürbar gesenkt werden, durch sogenannte Scrubber. Die Scrubber sollen die Emissionen deutlich verringern. Allerdings scheren da viele aus. Wie steht es um die Welt, wenn die Amerikaner mit Trump, den Klimawandel leugnen bzw. ignorieren ? Eine der schlimmsten globalen

Katastrophen ist doch aktuell dieser Vollpfosten von Präsident. Diese blinde Ignoranz lässt mich schaudern. Allerdings gehen wir Deutschen ebenfalls nicht als Vorbild voran, auch wenn unsere Bundeskanzlerin etwas anderes verkauft. Die CO_2 Werte sind seit 2009 nicht mehr gesunken. Der gesamte Benzinverbrauch ist dagegen gestiegen und von einem Kohleausstieg sind wir auch weit entfernt. Die selbst gesetzten Klimaziele für 2020 und 2030 werden deutlich verfehlt. Alle arbeiten mit Augenwischerei. Der Mensch arbeitet hart daran, seinen Lebensraum zu vernichten." York schüttelte sich und blieb eine Weile nachdenklich still.

„Wieso schaust Du eigentlich so blass aus ? Wer war denn hier im Krankenhaus. Du oder ich ?"

„Pnte m Dido..." nuschelte der XO. York schaute ihn verständnislos an. „Pinte mit Dildo" wiederholte er erheblich deutlicher.

„Ach, Ihr ward einen saufen ?" lachte York. „Dann verstehe ich, warum Du so aussiehst. Du weißt doch, dass Du danach immer krank bist !"

„Es war doch gar nicht so geplant..." fing er an und berichtete über den Verlauf des Abends. Nach zehn Minuten und nur zwei gefahrenen Kilometer weiter endete seine Story.

„Ja, ja. Das ist ein hartes Brot. Nur, wieso möchte sich die Frau gleich scheiden lassen ? Ich werde mich da nicht einmischen. Ein w...."

„...Doch! Doch" fiel ihm der XO ins Wort. Bitte mische Dich da ein. Ich will ja gar nichts weiter von der Frau. Es ist auch gar nichts gelaufen. Großes Indianer Ehrenwort ! Es konnte doch auch gar nichts laufen. Ich war doch viel zu betrunken. So etwas macht mir Angst, York."

„Setze Dich mit ihr zusammen und erkläre ihr in Ruhe Deine Sichtweise. Sei ehrlich und Du selbst. Danach wird das Thema ausgestanden sein. Reden ist immer gut und auf die paar

Stunden kann sie nun wirklich nicht bauen. Schon krass."

„Vielleicht war das schon immer so, aber ich habe das Gefühl, die Gesellschaft hat sich grundlegend verändert. Das Streben nach Luxus und Ruhm um jeden Preis, der ständige Terror, die allgemeine Einstellung ‚nach mir die Sintflut'. Angeblich sind die letzten beiden Generationen so gebildet, wie es noch keine Generationen davor waren, aber was fängt die Gesellschaft mit ihrer Bildung und Erkenntnissen an ? Emotional sind wir der Steinzeit doch näher, als..."

„Du hast Recht. Die Welt ist auf verschiedenen Ebenen am Rande einer Katastrophe globalen Ausmaßes und die Eliten schauen zu. Sie vergessen dabei, dass es sie über kurz oder lang selber treffen wird."

„Wann gehen wir eigentlich wieder segeln ? Es juckt mich ungemein und die ‚o.li' ist praktisch segelklar. Darfst Du überhaupt schon segeln ?"

„Mir geht es genauso. Ich soll mich noch ein, zwei Tage schonen. Vielleicht übermorgen. Das Tiefdruckgebiet fegt sicher wieder nur über Kiel hinweg. Die bekommen fast immer eins auf die Mütze."

„Ha, ha. Wir haben gestern über das Phänomen gesprochen, dass es wohl eine Art Kanalisierung von Tiefdruckgebieten gibt, die in den letzten Jahren immer im Kieler Raum für Sturm und Starkregen sorgt. Da meinte eine der Typen ganz trocken: „Ja, ja, den Kanal kenne ich. Das ist der Nordostseekanal."

„Das ist schon eine Sturm- und Hochwasser gefährdete Region. Hochwasser gefährdet ist auch Travemünde bzw. die gesamte Ostseeküste. Deshalb wird der Küstenschutz stark ausgebaut. Geographisch gehört die Ostsee streng genommen zum Atlantischen Ozean, als kleiner Nebenarm."

„Schau mal, die drei Mütter joggen alle mit dem Kinderwagen vorweg. Das ist auch gerade so ein Modetrend. Es fehlt nur noch die erste Meisterschaft im Kinderwagenjogging oder so" frohlockte Claus. Inzwischen erreichten sie die Kurgartenstrasse. „Was wiegt denn jetzt so eine Wolke ?" fragte er unvermittelt und zeigte auf eine große, weiße Cumulus Wolke.

„Hat Dir Stina erzählt, dass ich mir damit gestern die Zeit vertrieben habe ?" fragte York verwundert. „Der kondensierte Wasserdampf lässt Wolken schwerelos erscheinen. Schönwetterwolken wiegen zwischen 0,1 bis 1 Gramm pro Kubikmeter. Allerdings kommen bei einer Ausdehnung von je 500 Metern Länge, Breite und Höhe, zwischen 12,5 bis 125 Tonnen zusammen, wobei Gewitterwolken erheblich schwerer sind. Übrigens sind nur 0,01 Prozent der Süßwasservorräte auf der Erde in Form von Regen, Hagel und Schnee sowie als Wolken gebunden. Das hört sich nicht viel an, entspricht immerhin einem Sechstel der Ostsee."

„Dass Du so ein Zahlenmensch bist" staunte der XO. „Ich muss mir so etwas immer notieren." Sie bogen von der Trelleborgallee zum ‚Alten Leuchtturm' ab. „Voilà. Zuhause mein Freund. Ich bringe Dich eben noch rein."

Eine Finnlines passierte gerade die Viermastbark ‚Passat'.

021

Ohne eine großartige Begrüßung begann die Dienstbesprechung im MD.1 in Lübeck. Der anwesende Innensenator übte sogleich Druck auf die Ermittler aus. Die Medien und seine Parteifreunde saßen ihm im Nacken. Die Bundestagswahlen standen im September an.

Der Polizeidirektor versuchte die Wogen zu glätten und stell-

te sich vor seine Kollegen. Um einen schnellen Fahndungs-
erfolg zu erzielen, brauchte es wie immer mehr Personal und
auch das Quentchen Glück. Ersteres stockte er um vier weitere Personen auf und am zweiten Punkt fehlte es einfach.

„Bisher haben wir einige Erkenntnisse nicht in die Öffentlichkeit getragen, um eventuelle Trittbrettfahrer aussieben zu
können. Eine direkte Verbindung zwischen den beiden
Opfern haben wir noch nicht gefunden. Dies heißt natürlich
nicht, dass es keine gibt. Wir durchleuchten gerade mit
einigen Kollegen die Geschäftspartner der beiden. Zu den
Irritationen gehört sicherlich, dass wir zwei verschieden
große Cowboystiefelabdrücke am Tatort gefunden haben. Im
Fall von Gassmann haben wir die Stiefelgröße 48 und im Fall
zu Größenfelde 43,5. Es kann bedeuten, dass wir es mit zwei
Tätern zu tun haben oder mit zwei Einzeltätern. Die beinahe
identische Vorgehensweise lässt uns letzteres ziemlich sicher
ausschließen. Wahrscheinlicher sind dann wohl zwei Täter
und einen Einzeltäter können wir vorerst hinten anstellen.“
HK Doni schaute zufrieden, ob seiner Analyse, in die Runde.

„Vielleicht sehen wir das Naheliegende einfach nicht. Ähnlich einer POP Blindniete. Wenn man um das Verfahren
nicht weiß, dann erschließt sich einem nicht die Technik.
Beim Blindnieten erfolgt der Fügevorgang nur von einer
Seite eines Bauteils aus, wie zum Beispiel in der Flugzeug-
technik“ führte Stina Wallison an.

Der Hauptkommissar schnaubte verächtlich, ob des uner-
warteten Einwands. Seines Erachtens hatte er eine brillante
Analyse dargelegt. Sein Durstgefühl breitet sich wieder in
ihm aus. Nachdurst. „Was um alles in der Welt hat der Flug-
zeugbau mit unserem Fall zu tun ? Wir sollten einfach auf
die Fakten schauen.“

„Solange wir noch im Dunklen stochern, sollten wir jede
noch so kleine Möglichkeit in Betracht ziehen, Herr Kollege.“ Wallison kam in Schwung. „Einmal angenommen, ein
Einzeltäter hat uns bewusst in die Irre führen wollen und
zwei verschieden große Stiefel an den Tatorten getragen ??

Im letzten Skiurlaub hat ein Mitreisender an drei aufeinander folgenden Tagen, drei verschieden große Skistiefel getragen. Seinen Irrtum hat er jeweils erst Stunden später bemerkt. Dann ist es doch wohl kein Problem, unterschiedlich große Cowboystiefel zu tragen."

„Da ist was dran" bemerkte Malte Scheel. HK Donis Augen funkelten ihn an. Er ärgerte sich offensichtlich, diesen Punkt übersehen zu haben.

Bevor er darauf etwas erwidern konnte, schwang die Tür auf und zwei weitere Personen traten in den ohnehin schon gut belegten Besprechungsraum ein. Dr. Roche und OK Detlef Schlumpberger. Stina Wallison hatte sich bereits gefragt, wo der Oberkommissar blieb. Sie mochte den hoch aufgeschossenen Mann. Sie schätzte seine ruhige Art und sein ausgesprochen gutes Gedächtnis. Ihm wurde die Stelle des Hauptkommissars im letzten Jahr angeboten. Aus ihrer Sicht eine ausgezeichnete Wahl. Er lehnte jedoch ohne Umschweife ab.

„Sorry, aber kann mal jemand das Fenster öffnen ?" begann Schlumpberger. „Wenn ich es nicht besser wüsste... Eine Kneipe ist ja nichts dagegen." Einige schauten instinktiv zu Doni. „Danke !" sagte der Oberkommissar und räusperte sich. „Wir haben einen neuen Ansatz ! In von Gassmanns Geschäftsunterlagen haben wir eine regelmäßige Geschäftsbeziehung zwischen beiden Opfern gefunden. Die Import-Export AG hat die AzG AG im viertel Jahrestakt mit chemischen Substanzen aus Südamerika beliefert. Dabei sind uns ein paar Ungereimtheiten aufgefallen. Erstaunlicherweise ist die Lieferung über mehrere Länder verschoben worden. Das Ursprungsland haben wir bis nach Kolumbien zurück verfolgt. Die Bezeichnung der Ware änderte sich von Land zu Land. Die Kollegen aus Kolumbien haben die Import-Export Firma in Verdacht, in regelmäßigen Abständen Kokain auszuführen. Allein nachweisen konnten sie ihr bisher noch nichts, denn der Ware wurden sie nie habhaft, da für diplomatisches Kuriergepäck keinerlei Kontrollmöglichkeit besteht. Da sind sicher eine Menge Schmiergelder geflossen. Die angelieferten Substanzen wurden ausnahmslos an die

AzG versandt. Allerdings sind sie dort nie angekommen. Meist ist die Ware auf dem Weg nach Europa verschwunden. Wohin auch immer. Ich vermute mal, dass es da einen schwunghaften Drogenhandel gab. Deshalb bin ich zu spät dran. Die Kollegen bleiben dran. Somit kommt ein Krieg im Drogenmilieu in Betracht" schloss Schlumpberger.

„Auf großem Fuß haben beide gelebt. Dennoch sind sie beide, zumindest nicht in Europa, ins Visier der Behörden geraten. Im Gegenteil. Sie waren geradezu mustergültige Bürger und Teil der öffentlichen Gesellschaft. Schon komisch, dass es keine offiziellen Berührungspunkte gibt. Sie wickeln gemeinsame Geschäfte ab, haben im gleichen kleinen Ort Wohneigentum und meiden sich in der Öffentlichkeit. Das ist meiner Meinung nach doch sehr auffällig." Malte Scheel malte ein rotes Fragezeichen auf dem Flipchart Board, oberhalb der gestrichelten Verbindungslinie beider Opfer

Inzwischen peinigte HK Doni der Nachdurst immer stärker. Er brauchte unbedingt Flüssigkeit. Seine Stimme krächzte anfänglich beim verteilen weiterer Ermittlungsansätze. Die ersten Beamten erhoben sich von den Stühlen. Bevor er zum Ende kam, verschaffte sich erstmalig der Rechtsmediziner Dr. Roche das Wort.

„Moment mal, bitte. Ich habe ebenso eine wichtige Information zu beiden Fällen." Alle hielten in ihrem Aufbruch inne. „Laut einer email, vom indonesischen Hersteller der Holzpflöcke, wurden die Nummern 101 bis 108 ausschließlich auf Bali verkauft. Die Nummern 106 bis 108 sind in 2015 zusammen gekauft worden. Leider hat der Händler keinen Nachweis an wen. Er konnte sich lediglich daran erinnern, dass der Käufer männlich und ein weißer mit europäischen Akzent war. Der..."

„Na toll. Das reduziert unsere Verdächtigen mit einem Schlag auf ein paar zig Millionen" ätzte Doni, der nur noch etwas gegen seinen unsäglichen Durst wollte. „Geht es..."

Kevin Roches ohnehin blasses Gesicht, verlor noch eine Spur an Farbe, sofern dies überhaupt möglich war. „Die Nummer 106 aus dem Verkauf ist ein Beweismittel in einem ähnlichen Tötungsdelikt!"

Nun hatte er die volle Aufmerksamkeit aller Anwesenden, inklusive des Hauptkommissars. Im letzten Jahr wurde einem deutschen Staatsbürger, der seit Jahren ein Hotel in Bangkok führte, ebenfalls ein Holzpflock ins Herz gestoßen. Die Nummer 106. Einem gewissen Philipp Mast. Zum Todeszeitpunkt siebenunddreißig, wurden ihm zuvor der Penis abgetrennt und die Augäpfel entfernt. Ausgeblutet war er auch. Die thailändische Polizei hat den Vorfall runtergespielt, Sie sind damals davon ausgegangen, dass er einem Racheakt zum Opfer fiel. Mast war Pädophil." Eine gespannte Unruhe erfüllte den Besprechungsraum.

„Wenn Sie die Verbindung zwischen den drei Personen herstellen können, dann sollte sich das Motiv herausschälen. Da mein Fachgebiet die Rechtsmedizin ist, überlasse ich das gerne Ihnen, aber einen Drogenkrieg kann ich hierbei nicht erkennen. Die vielen Rituale sprechen eine andere Sprache. Der oder die Täter zeigen deutlich psychopathische Züge. Der Täter will uns etwas sagen. Daneben zeigen die örtlichen Opfer ebenfalls psychopathische Züge und…"

„…Jetzt zaubern Sie aber reichlich viele Psychos aus dem Hut. Wo kommen die denn plötzlich alle her? Gibt es hier ein Nest?" Der Durst von HK Doni wich einer Form von Sarkasmus. Die übrigen Kollegen schauten sich betreten an. Das Neonlicht in dem tristen Besprechungsraum tauchte die Anwesenden in ein gespenstisches Licht. Keiner der ‚Geister' gesellte sich auf seine Seite. Erst seit kurzem im Amt, tat er alles, um sich zu isolieren. Auf seinen vorherigen drei Dienststellen hatte er ein ähnliches Verhalten an den Tag gelegt, sodass Doni immer wieder weggelobt wurde.

„Was ist mit Ihnen los, Doni? Wir versuchen hier gemeinsam einen Fall zu lösen. Da sind solche Kommentare überflüssig. Nehmen Sie sich zusammen!" Stina Wallisons Ton gegenüber dem ranghöheren Kollegen klang ruhig, aber rau.

Schlagartig wurde es mucksmäuschenstill. Die Kiefer von HK Doni mahlten knirschend aufeinander. Alle Augen im Raum waren auf ihn gerichtet. Im ersten Impuls wollte er lospoltern, dann fiel ihm ein, was der Polizeidirektor ihm über Wallison gesagt hatte: Kompetent, anerkannt, loyal, aber sehr direkt, schlagfertig und vor allem beliebt. Keine gute Ausgangsposition für ihn, zumal, dies musste er sich notgedrungen eingestehen, Wallison den Nagel auf den Kopf getroffen hatte. Es war unprofessionell von ihm. Es lag an seinem unerträglichen Durst. Wie viel Alkohol konsumierte er gestern? Sicher nicht mehr als die anderen zwei am Tisch. Kurzerhand nickte HK Doni dem Rechtsmediziner ermunternd zu.

Dieser nickte kurz in Richtung Wallison, bevor er wieder das Wort aufnahm. „Das Pendant zu kriminellen Psychopathen, unserem Täter, bildet die Gruppe der hoch funktionalen, „erfolgreichen Psychopathen", in diesem Fall unseren Opfern. Obwohl Psychopathie eine geringe Verbreitung in der allgemeinen Bevölkerung hat, sind Menschen mit dieser Persönlichkeitsstörung nicht nur in Gefängnissen, sondern auch in höheren Hierarchiestufen überrepräsentiert. In Führungspositionen etwa sechsfach. Der Begründer der Psychopathieforschung, *Robert D. Hare*, prägte den Satz: *„Sie rauben keine Bank aus, sie werden Bankenvorstand."* Viele Probleme in der Wirtschaft gehen auf Menschen mit psychischen Problemen zurück, insbesondere auf Narzissten und Psychopathen. Sie sind nicht unbedingt gewalttätig, aber der Schaden, den sie in unserer Gesellschaft anrichten, ist immens. Exemplarisch für einen Wirtschafts-Psychopathen ist etwa der betrügerische Spekulant Bernard Madoff. Einem normalen Menschen würde speiübel werden, wenn er gerade eine Milliarde zerschossen hätte. Der Psychopath geht unverdrossen nach Hause und denkt nicht mehr daran. Unter Männern finden sich weltweit beinahe fünf Prozent und unter Frauen weniger als ein Prozent an Psychopaten. Die Berufsfelder mit den höchsten Anteilen an Psychopathen sind zum Beispiel in der Geschäftsleitung, Rechtspflege, Medien wie Radio und Fernsehen, im Vertrieb, der Chirurgie und der Politik zu finden. Allein unter den Politikern, Unternehmern und Geschäftsführern, liegt der Anteil der Psychopaten bei mindestens fünfundzwanzig Prozent. Die wenigsten Psychopathen finden sich dagegen in Sozial- und Pflegeberufen, da diese mit wenig Macht verbunden sind und einen adäquaten Umgang mit Gefühlen erfordern. Psychopathen haben eine Neigung zu Hochrisikoberufen. Sie bevorzugen große Organisationen und klare Hierarchien. Nach ,Hare' werden von Personalverantwortlichen die psychopathischen Verhaltensweisen, wie Dominanz und Manipulation, als Führungsqualitäten missdeutet." Mit der Zunge fuhr Dr. Roche sich über die Lippen. „Einen Psychopaten erkennen Sie nicht sofort. Sie sind oft wandelbar und kreativ in ihrer Tarnung. Das macht es schwer, sie zu überführen."

„Danke, Kevin" ergriff Stina das Wort. „Okay, dann werden wir unsere Ermittlungen entsprechend ausdehnen" wandte sie sich an alle Kollegen. Morgen um neun Uhr ist die nächste Zusammenkunft. Wir müssen zur Pressekonferenz" erinnerte sie HK Doni. Der rollte nur mit den Augen und schloss sich wortlos der Oberkommissarin an.

022

Der Aufruf für die Passage Hamburg – Dubai erfolgte fünfundvierzig Minuten vor dem Abflug. Jens Schröder hatte bis dahin in aller Ruhe sämtliche Kontrollchecks durchlaufen. Insgesamt dreimal entledigte er sich seines Gürtels und sämtlicher, metallischen Gegenstände in seiner Kleidung. Komplett durchleuchtet, bewegte er sich nun innerhalb des Terminal C. Im Duty free Shop erstand er noch 100ml Eau de Parfum Chanel Chance für seine Schwägerin. Er wusste, dass sie eine Schwäche für dieses blumige Parfum hat und mit neunundneunzig Euro war es hier recht günstig. Für sich selbst kaufte Schröder vom gleichen Label, das Allure Sport. An Bord der Maschine nahm er die aktuellen, deutschsprachigen Zeitungen an sich und begab sich auf den Sitzplatz 18A. Ein Fensterplatz. Er liebte es, immer wieder aus dem Fenster zu schauen. Jeder Flug löste eine Welle der Begeisterung aus. Der Start oder die Landung, durch die teils dicken Wattebäuschchen, erinnerten ihn immer an Traumphasen. Der Blick aus über zehntausend Metern Höhe auf die Landschaften, Häuser und Autos, klein wie Ameisen, verzückte ihn mal für mal.

Sein Nebensitz blieb frei und am Gang saß, dem äußeren Anschein nach, ein stolzer Araber. Die Stewardess checkte alle Gepäckklappen und achtete darauf, dass sämtliche Passagiere angeschnallt sind und die Sitze in der senkrechten Position stehen. Während einer kurzen Sicherheitseinweisung, rollte die Maschine in Richtung Startbahn und reihte sich in die Abflugschlange ein. Knapp zehn Minuten später erhielt der Pilot die Startfreigabe und die Boeing 777-300 beschleunigte das fast vierundsiebzig Meter lange und dreihundert Tonnen schwere Flugzeug auf über zweihundertfünfzig Stundenkilometer. Mühelos hob die große Maschine ab. Mit einer Reichweite von etwa elftausend Kilometern, bewältigt die Boeing die fünftausend Kilometer bis Dubai ohne Probleme. Nach dreißig Minuten erreichte die Maschine ihr Reiseflughöhe von zwölftausendfünfhundert Metern. Die fleißigen Stewardessen reichten zu dieser Zeit schon die ersten Erfrischungsgetränke.

Der Passagier auf dem Sitzplatz 18A stellte seine Rückenlehne schräg, stülpte sich die Kopfhörer über und stellte den Klassikkanal ein. Nur Augenblicke danach verfiel er in einen traumlosen Schlaf.

Erst fünf Stunden später schlug er die Augen wieder auf. Die Maschine befand sich bereits im Sinkflug auf Dubai.

023

Die Klimaanlage im kleinen Saal, wo die Pressekonferenz abgehalten wurde, war ausgefallen. Entsprechend schnell erwärmte sich die Räumlichkeit. Die Kameras und das Licht zum Ausleuchten beschleunigten die Aufheizung. Den korpulenteren unter den Medienvertretern, lief der Schweiß schon nach kurzer Zeit. Taschentücher wurden zur begehrten Ware.

Das Medienecho war enorm und nicht alle bekamen einen Platz in dem überfüllten Raum. Entsprechend hoch war der Geräuschpegel. Der Polizeidirektor klopfte zweimal kurz auf eines seiner vor ihm aufgebauten Mikrofone. Augenblicklich kehrte Ruhe ein.

Mit ruhiger Stimme und im Polizeijargon, trug er die wichtigsten Fakten vor. Bis auf die unterschiedlichen Stiefelgrößen, schilderte er die ganzen Details und forderte die Bevölkerung auf, jede nur so kleine Beobachtung rund um die Tatorte zu melden. Man erhoffte sich, einen Zufallstreffer zu erzielen. Die bisher gesammelten Indizien gaben nicht viel her. Der Holzpflock schien sehr interessant, aber auch dies war nur ein dünnes, loses Ende. Vielleicht gibt es Passanten, die ,etwas ungewöhnliches' bemerkt haben, so hoffte die Polizei. Die Lösung eines Falles hängt oft nur an einem winzigen Detail. Dieses Detail suchten sie. Die berühmte Nadel im Heuhaufen. Egal wie perfekt ein Plan ausgeführt wird, ganz ohne Spuren blieb nichts.

Mittlerweile erlangte die Story internationales Interesse. Zwei solch bestialische Morde. Ein gefundenes Fressen für die Medien. So eine Story konnten sie medial ausschlachten. Tage lang, eventuell auch Wochen. Eine Gruselgeschichte, welche viel Platz für Spekulationen ließ. Perfekt.

Entsprechend wurden die vier auf dem Podium mit Fragen überhäuft. Gerne antwortete der Innensenator. Wenn es zu heikel wurde, schob er den schwarzen Peter auf den Polizeidirektor. Dieser saß in der Zwickmühle, denn er wollte seine Mitarbeiter schützen. Aufgrund von politischen Maßnahmen waren etliche Planstellen eingeschmolzen worden. Auf einen Disput mit dem Innensenator wollte er sich auch nicht einlassen. Dieser war sehr gewieft. Ein alter Fuchs. Um ihm weitere Stellen abzuringen, musste er eine andere Taktik anwenden. Der neue Hauptkommissar, Rene Doni, kannte sich im Politdschungel Lübecks noch nicht aus und brachte die Polizeivertreter hier mit seinen, teils unbedachten Äußerungen, das eine oder andere Mal in Verlegenheit. Der Polizeidirektor nahm irritiert zur Kenntnis, dass sein Hauptkommissar nicht ganz bei der Sache schien.

Zur Hilfe kam ihm OK Wallison, die mit Charme und Souveränität, um mehr Geduld und Abstand bat, damit die Ermittlungen ohne weitere Erschwernisse durchgeführt werden konnten. „Wir werden Sie natürlich weiterhin auf dem Laufenden halten" endete sie und löste die Pressekonferenz auf.

024

Bevor sich Stina Wallison auf ihrer Dienststelle zurück meldete, stattete sie York zuhause einen Kurzbesuch ab. Ihre Wohnung lag keine einhundert Meter entfernt.

Ganz entgegen ihren Erwartungen lag York ausgestreckt auf dem großen Liegesessel. „Super, dass Du vernünftig bist. So wirst Du schneller genesen" freute sie sich und bereitete ihm einen Tee zu. Dr. Konarwarschki hatte strikte Ruhe verordnet. Das hieß natürlich nicht, dass sich ihr Freund daran hielt. Umso überraschter nahm sie es zur Kenntnis.

Lange konnte sich Stina nicht aufhalten. Die beiden Morde

erforderten noch eine Menge Detektivarbeit. Mit jeder Stunde wurde es schwieriger, eine neue heiße Spur aufzudecken. Die Erinnerungen bei potentiellen Zeugen verblasste, mit zunehmenden, zeitlichen Abstand. Erste Müdigkeit breite sich in ihr aus. Sie drückte York kurz. „Es kann spät werden. Warte nicht mit dem Essen auf mich. Im Kühlschrank sind frische Riesenscampi. Penne findest Du in der Lade. Ich muss wieder los" verabschiedete sie sich.

York öffnete das Fenster und schaute ihr zu, wie sie zum Auto ging. Am Wagen angekommen blieb sie unschlüssig stehen. „Warum machst Du das Auto nicht auf?"

„Ich habe den Schlüssel nicht! Dann hängt der bestimmt noch am Schlüsselbrett. Magst Du kurz nachsehen?"

York blickte zum Schlüsselbrett. „Da hängt kein Schlüssel!"

„Der muss da aber hängen!"

„Nein, da ist keiner!"

„Ich komme noch einmal rein und zeige ihn Dir."

„Was hältst Du denn da in der Hand?"

„Oh weia. Sorry, das ist der Autoschlüssel. Okay, dann fahre ich wohl besser" entschuldigte sich Stina und öffnete die Wagentür.

Lächelnd schloss York das Fenster und zog sich eine leichte Weste über. Mit dem Fahrrad befuhr er die Vorderreihe und nahm auf einer der Außenbänke der Espressobar Gusto Joda Barista Platz. Von schräg gegenüber winkten ihm zwei Servicekräfte vom Fisch Hus zu. Sie gönnten sich eine Zigarettenpause.

Während der Barista Claas einen doppelten Espresso und einen Mandarine Schmandkuchen vorbereitete, genoss York das bunte Treiben in der Vorderreihe. Am Nachbartisch fachsimpelten zwei ältere Damen aus dem Rosenhof über Skype, eBabysitting und eBridge in Monte Carlo. York staunte nicht schlecht. Im Laufe des Gespräches kristallisierte sich heraus, dass sich beide technisch auf der Höhe der Zeit bewegten. Mit Smartphone, iPad und Laptop surften Sie ständig im „World Wide Web', spielten aktiv mit virtuellen Partnern und tauschten sich über Facebook und Messenger, mit ihren Kindern, Enkeln sowie Freunden aus. Ähnlich intensiv wie die Jugend von heute. Von Berührungsangst mit den neuen Medien keine Spur. Im Gegenteil.

Claas servierte die Bestellung und lenkte von dem Nachbartisch ab. Nun lief ihr Gespräch auf Alzheimer hinaus, wo von die beiden Damen nebenan, sicher weit entfernt waren. „...für die Familie nicht immer ganz leicht. Der positive Effekt bei der alten Dame war" plauderte er „dass sie vergessen hat, dass sie nicht mehr mit ihrer Tochter spricht."

„Es muss nicht immer Alzheimer sein, wenn es schwierig wird mit familiären Beziehungen. Verkrustete Traditionen sind auch schwierig. In meinem Bekanntenkreis besuchte eine Freundin ihren neuen Freund, welcher noch bei seinen Eltern wohnte, obwohl schon so Mitte vierzig. Der zukünftige Schwiegervater, sie haben dennoch vor zwei Jahren geheiratet, öffnete die Tür. Maren stellt sich freundlich vor und fragt nach dem Sohn. Schroff antwortet der Anfang achtzigjährige Vater und ehemals erfolgreiche Rechtsanwalt: *„Er ist nicht da. Wird wohl bei einer anderen sein !"* und haut ihr die Tür vor der Nase zu. Natürlich hat sich Maren nicht entmutigen lassen und die Beziehung zu ihrem Freund, der auch als Anwalt tätig ist, beharrlich ausgebaut. Nach immerhin zwölf Monaten durfte sie die Mutter duzen. Dem Vater ging dies viel zu schnell, obwohl beide schon einen Hochzeitstermin veröffentlicht hatten. Er bestellte seine Schwiegertochter bei der nächsten Gelegenheit zum Rapport. *„Setze Dich erst einmal auf den Stuhl und höre zu..."* Fast eine Stunde führte der ‚Alte' einen Monolog über Ehe, Moral und Ethik. Die meisten Frauen wären sicher geflüchtet. Bei Maren und Jacob hat die Liebe gesiegt. Der ‚Alte' hat übrigens noch weitere sieben Jahre täglich Akten aufgearbeitet und mit seinem Starrsinn die Familie terrorisiert. Das wäre etwas für mich gewesen" grinste York.

„Familie kann man sich nicht aussuchen, obwohl in diesem Fall..." gab Claas zu bedenken.

„Ach, siehe einer an" erklang eine York bekannte Stimme. Dildo. „Habe ich mir doch gedacht, dass Du nicht still im Bett liegen kannst. Schön, das Du wieder unter uns bist."

„Ich schone mich doch" gab York zu bedenken. „Ich genieße das Leben und verplempere meine Zeit mit glücklich sein." Sie herzten sich beide. „Am liebsten möchte ich gleich segeln gehen, aber dann wird Stina mir die grauen Haare vom Kopf reißen. „Sie ist immer so fürsorglich und..."

Ehe er weiter sprechen konnte, erschien eine junge, sportive Frau am Tisch. Zumindest hatte York eine solche in den Augenwinkeln wahrgenommen. Mit jedem Meter den sie näher kam, verstärkte sich ihr Alterungsprozess. Aus der Distanz und ungenauen Hinsehen, erlag man der Annahme, dass ihr Alter bei Anfang dreißig lag. Tatsächlich musste das Alter bei Ende fünfzig liegen. So ein Ü-60 Teenager, von denen es mittlerweile eine Menge gibt. Diät oder sogar Fett absaugen, wenn es einfacher gehen sollte, chirurgische Korrekturen und Aufpolsterungen, Kosmetika und Mode für junge Menschen sind die Instrumente dieser Spezies. York verstand es nicht. Natürlich schätzte er gepflegte und attraktive Frauen, aber wieso gaben sie dabei ihre Würde auf und verpfuschten sich so nachhaltig. So unscharf konnte niemand sehen, dass die Mogelpackung nicht auffiel. Die Schönheitsindustrie hatte ganze Arbeit geleistet. Ein Milliardengeschäft. Scharenweise legen sich Frauen, wie auch immer mehr Männer und junge Frauen, unter das Messer, um einen Hauch vom gängigen Schönheitsideal zu erhalten. Nur blöd, wenn sich der Geschmack ändert. Oft geht so eine kleine oder große ‚Korrektur' auch daneben – mit allen unangenehmen Folgen. Spätestens im fortgeschrittenen Alter häufen sich die Probleme. Ein Teufelskreis.

Die Ü-60 Teenagerin überzog Dildo mit einem Redeschwall, der dem Schnellsprecher Dieter Thomas Heck zur Ehre gereicht hätte. Sie schwärmte von ihrem letzten Ayurveda Urlaub auf Sri Lanka, der kommenden zehntägigen Kreuzfahrt ab nächsten Mittwoch, von Palma im Mittelmeer, mit ,Mein Schiff 5' sowie der sich anschließenden Küsten Kreuzfahrt mit der MS ,Deutschland' am 01.September. Für diese gebuchte Passage besaß sie eine Doppelkabine. Sie richtete unbewusst ihr Dekolleté und lud Dildo spontan dazu ein.

Entsetzt blickte er York an. Sie ignorierte seinen Seitenblick Blick einfach. „Wirst Du Dir Urlaub nehmen können ? Ich verspreche Dir, mit uns wird es nicht langweilig werden." Sie fraß ihn mit den Augen förmlich auf. „Was machst Du eigentlich beruflich ?" erkundigte sich neugierig.

„Einbruch, Abbruch, Explosionen" sprudelte es trocken aus Dildo heraus. Dabei blickte er sie mit ernster Miene an.

„Ach so..." hüstelte sie. „Ach so" wiederholte sie mit krächzender Stimme und konsterniert.

Nun schätzte York das Alter auf Mitte sechzig. „Wie schnell die Zeit verrinnt" amüsierte er sich im Stillen.

„Nun, ähem.., ich muss jetzt noch schnell Waldmeister Brötchen, ähem, Weltmeister Brötchen beim Bäcker kaufen" erklärte sie verunsichert und beeilte sich zu verabschieden.

„Puh. Was war das denn ? Ich kenne diese Frau doch nur vom Schwätzchen auf dem Obst- und Gemüsemarkt" beteuerte Dildo. „Die war ja wie verwandelt. Gruselig !"

„Manchmal sind die Höhepunkte der Vergangenheit, die Tiefpunkte der Zukunft" zog ihn York auf. „Ich habe übrigens im Krankenhaus einen Artikel gelesen, der Neustadt und unsere geliebte Lübecker Bucht, in einem ganz anderen Licht erscheinen lässt. Darüber sprechen die Alliierten nicht gerne. Die Deutschen übrigens auch nicht.

„So ?" grummelte Dildo noch ein wenig nachdenklich.

„In den letzten Kriegstagen des zweiten Weltkrieges, am 03.Mai 1945, lagen vor Neustadt zwei Schiffe, welche aus Sicht der Alliierten potentielle Truppentransporter waren. Hierbei handelte es sich um den ehemaligen, 206m langen Luxusdampfer ‚Cap Arcona' und das Frachtschiff ‚Thielbek'. Das perfide an dieser Situation war, dass die Deutschen, beide Schiffe mit KZ Häftlingen im wahrsten Sinne vollstopften. Eine konkrete Warnung des Schweizer Roten Kreuzes an die britischen Bodentruppen in Lübeck, am Tag zuvor, über eine Gefährdung tausender Häftlinge, erreichte die angreifenden Royal Air Force Piloten nicht. Warum auch immer. Eine Aufklärung können wahrscheinlich nur die geheimen Militärakten der britischen Regierung liefern. Diese sind jedoch noch immer unter Verschluss." York nahm einen letzten Schluck von dem bereits kalten Espresso. „Auf der ‚Cap Arcona' überlebten nur durch Zufall 350 Häftlinge, denn eine Rettungsaktion gab es von keiner Seite. Unglaubliche 4.500 Häftlinge verloren sofort ihr Leben an Bord oder in dem gerade einmal acht Grad kalten Ostseewasser. Von der ‚Tielbek' erreichten lediglich 50 Menschen lebend das Land, währenddessen 2.750 Menschen den Tod fanden. Man geht von über 7.000 Toten aus. Noch heute säumen an den ehemaligen Ankerplätzen, in 17 Meter Tiefe, Skeletteile von cirka 3.000 nicht bestatteten Opfern den Meeresgrund. Dort wo heute die Campingplätze zwischen Neustadt und Pelzerhaken sind, liegen hunderte, eilig verscharrte Opfer in Massengräbern unter der grünen Feizeitwiese."

„Auweia" entfuhr es Dildo. „Zig Mal haben wir dort tolle Segelerlebnisse und unbeschwerte Stunden genossen. Wie dicht, zumindest geografisch in diesem Fall, Lebenslust und Tragödie zusammen liegen. Umso wichtiger empfinde ich es, dass einem die Einzigartigkeit vom Leben bewusst wird. Genieße den Moment. Save the day !"

Das Smartphone von York klingelte. Stina. Sie erkundigte sich nach seinem Wohlbefinden. Mit einer kleinen Notlüge besänftigte er ihr aufbrausendes Temperament, um einem

Streit aus lauter Fürsorge zu umgehen. Allerdings: Er wusste, dass sie es wusste. Sie wusste, dass er wusste, dass sie es wusste. Dieses Wissen bewirkte, dass beide ganz entspannt miteinander umgingen.

Einklang.

025

Die Telefone der Kripo liefen heiß, da es viele Bürger gab, die einen vermeintlichen Hinweis vorbrachten. Dabei waren natürlich Wichtigtuer, Verwirrte und besorgte Einwohner. Die Telefonzentrale hatte eigens eine Sonderrufnummer veröffentlichen lassen. Von dort wurden die Anrufer auf vier Anschlüsse weitergeleitet. Ein unerwartetes Gespräch aus Gifhorn, gaben den Ermittlungen endlich die ersehnten Konturen.

HK Rene Doni berichtete seinen Kollegen. „Ein ehemaliger Kommilitone von Dr. von Gassmann hat sich vor drei Stunden gemeldet. Er berichtete, dass von Gassmann sich ab September 2007 mit ihm, für längere Zeit in Asien aufhielt. Nach drei Monaten trennten sich ihre gemeinsamen Wege. Er musste wieder zurück und von Gassmann reiste weiter nach Bali. Für ungefähr weitere vier Wochen. Nachdem er zurückkam, erkannte ihn sein Kommilitone nicht wieder. Der einst tiefenentspannte Oliver von Gassmann litt unter Schlaflosigkeit, war nervös und aggressiv. Ich bin dem unkonkreten Hinweis intuitiv, jedoch ohne große Ambitionen nachgegangen und habe einen Treffer gelandet. In dem südlich gelegenen Touristen- und Badeort Kuta, gibt es eine Beherbergungsbestätigung, eines Oliver von Gassmann, in einer kleinen Bed & Breakfast Unterkunft. Unser unverschämtes Glück ist, dass der Betreiber ein ehemaliger

Schweizer Finanzbeamter war und immer gewissenhaft die Meldebescheinigungen geführt hat. Für balinesische Verhältnisse eher ungewöhnlich. Für einen Schweizer ganz normal und für einen Schweizer Finanzbeamten eine unabdingbare Notwendigkeit. Die noch vorhandenen Unterlagen der ‚Foreigner Authorithy' besagen, dass von Gassmann dort vom 16.Dezember 2007 bis zum 03.Januar 2008 untergebracht war." Nun machte Doni eine beinahe theatralische Kunstpause, nahm einen Schluck aus seiner undurchsichtigen Trinkflasche und bekam glänzende Augen. „Das ‚missing link' aber ist," nun klang seine Stimme aufgeregt, wie bei einem kleinen Kind zu Weihnachten "dass die beiden anderen Opfer Philipp Mast und Andreas zu Gößenfelde, ebenfalls in dieser Herberge eingecheckt waren."

Seine Kollegen hatten alle gespannt die Luft angehalten und nun entglitt ihnen kollektiv die Luft.

Ein Durchbruch in diesem undurchsichtigen Fall!

026

Auf dem Revier der Wasserschutzpolizei Travemünde atmeten OK Wallison und PK Malte Scheel ebenfalls auf. Gerade bekamen sie die Neuigkeit zugestellt. Natürlich verharrten die Ermittlungen noch immer im Anfangsstadium, doch nun besaßen sie jede Menge neue Anknüpfpunkte.

Die Wahrscheinlichkeit lag nahe, dass das Motiv mindestens ein Jahr vor den jetzigen Morden liegen musste, denn Mast wurde schon im letzten Jahr in Bangkok auf die gleiche grausame Art und Weise getötet. Nun also nicht nur ein Psychopat, sondern ein ritueller Serienmörder. Eine ganz gefährliche Kombination.

Mittlerweile war vom MD.1 in Lübeck, ein so genannter Fallanalytiker dazu geholt worden. Die meisten Menschen kennen die Bezeichnung ‚Profiler' aus Kriminalfilmen. In den Filmen erstellen sie häufig psychologische Täterprofile, Erscheinungs- und Persönlichkeitsbilder. Dies ist allerdings schlichtweg unmöglich.

Bei der Fallanalyse zieht der Analytiker Schlüsse, rein auf Basis kriminalistischer Erkenntnisse, anhand von Indizien, Tatortspuren und Konstellationen der Straftat. Er schließt auf das Verhalten des Täters und unter Umständen können daraus Muster erkennbar werden. Statistiken spielen dabei eine wesentliche Rolle. Ein erfahrener Fallanalytiker kann Hilfestellung bei Entscheidungen in Form von Empfehlungen geben, wie Altersspielraum oder Geschlecht, um die Ermittlungen auf einen überschaubareren Kreis zu konzentrieren. Unabhängig davon, müssen die Ermittler ihre Erkenntnisse immer wieder dem Fall anpassen und dürfen nicht ausschließlich ihren Fokus auf diese eine Karte setzen. Unter den Kriminolgen sind die Analytiker nicht unumstritten, auch wenn sie zum Teil beachtliche Erfolge erzielen. Im gesamten Bundesgebiet gibt es weniger als einhundert dieser Spezialisten.

Die Kommissarin Stina Wallison war gegenüber den Analytikern aufgeschlossen. Selber mit einem scharfen, analytischen Verstand ausgestattet, begrüßte sie Perspektivwechsel. Die kleine Flunkerei von York hatte Wallison sofort durchschaut. Sein Ablenkungsmanöver war dilettantisch. Im Grunde wusste Stina bereits, bevor York das Gespräch annahm, dass er nicht zuhause sein würde. Dazu kannte sie ihn mittlerweile zu gut. „Hummeln im Arsch" hätte ihre Mutter gesagt. Sie ließ York in dem Glauben, den Köder geschluckt zu haben. Dennoch wusste sie, dass er wusste, dass sie es wusste. Einklang.

„Stina" unterbrach Malte Scheel ihre Gedanken. „Wir haben jetzt die Verbindung der drei Opfer untereinander. Das Motiv fehlt uns noch. Der Profiler" Malte wusste, dass die Kommissarin diesen Begriff nicht sonderlich mochte, „hat den Täter dem männlichen Geschlecht zugeordnet. Weiß, Europäer oder jemand der lange in Europa gelebt hat. Kräftig und älter als vierzig, eher fünfzig. Wahrscheinlich ein sportlicher Typ. Intelligent, sehr strukturiert, Ziel orientiert, kontrolliert und mit guten medizinischen Kenntnissen ausgestattet. Ebenso weiß er, wie die Spurensicherung arbeitet. Die beiden letzten Punkte kann man sich heut zu Tage leider auch im Internet aneignen."

„Das vereinfacht die Ermittlung nicht unbedingt. Wir haben es hier ziemlich sicher mit einem wandlungsfähigen Menschen, mit wenig emotionaler Schwingungsfähigkeit zu tun. Die Tat werden wir ihm nicht ansehen, selbst wenn er uns gegenüber steht. Sexuelle Motive können wir nach den derzeitigen Erkenntnissen ausschließen. Hass und Rache erscheinen mir plausibler." Stina dachte nach. „Den Alkoholiker aus der Mecklenburger Landstrasse, wie heißt der noch gleich? Den können wir von unserer Liste der Verdächtigen streichen. So eine Tat kann der nicht umsetzen."

„Torben. Torben Gruschat. Der hat von Gassmann im Mai und im Suff gedroht, nachdem ihn dieser wegen Ruhestörung anzeigte. Danach gab es eine Farbbeutelattacke auf die Frontwand des Hauses. Nachweisen konnte man diesem Gruschat nichts."

„Genau. So eine Tat ist ein ganz anderes Kaliber. Genauso können wir auch die Anzeige gegen Frau Schmidt in beiden Fällen ausschließen. Da steckt meines Erachtens eher etwas anderes dahinter. Sie hat für beide Tatzeiten ein wasserdichtes Alibi. Malte, ich habe da so ein unbestimmtes Gefühl. Überprüfe doch bitte die näheren Lokalitäten, ob ein oder mehrere Personen sich verdächtig lange in der Nähe der Tatorte aufgehalten und vielleicht über Asien im allgemeinen oder Bali im speziellen erzählt haben. Fremde Autos, die besonders häufig in der Nähe aufgefallen sind. Ganz unsichtbar kann die Person nicht gewesen sein."

„Stina, wir haben Urlaubszeit. Weißt Du, wie viele fremde Menschen sich zu dieser Jahreszeit hier aufhalten?"

„Ich weiß, aber wir müssen jeden Stein umdrehen. Jeden ! Der ‚Chief‘ hat noch weitere Ermittler in Aussicht gestellt. Dem wird ordentlich Feuer unterm Hintern gemacht. Bitte auch alle Hotels im Umkreis von fünfzehn Kilometern auf asiatische oder speziell balinesische Gäste, welche im Tatzeitraum sowie auch schon vorher eingecheckt sind, durchforsten. Ich denke da natürlich auch an Europäer, die in den Ländern leben. Der oder die Täter müssen die Tat mittelfristig geplant haben und regelmäßig vor Ort gewesen sein. Mit einem Geist haben wir es bestimmt nicht zu tun. Jetzt können sich die Leute vielleicht noch an entscheidende Details erinnern. Du kennst das. Mit jedem Tag wird die Erinnerung unschärfer.“

„Ich gehe dann einmal davon aus, dass ich Dich nicht fragen brauche, ob ich morgen einen Tag frei nehmen kann ?“ Malte rollte mit den Augen.

„Danach kannst Du Dir zwei oder drei Tage frei nehmen. Wir brauchen diese Woche alle Kollegen. Ohne Ausnahme !“ Stinas Stimme war schärfer, als sie beabsichtigte und tätschelte ihm entschuldigend auf die Schulter. Mit Malte verstand sie sich besonders gut und es tat ihr leid, das ihr Temperament mit ihr durch zu gehen drohte. Die Fälle gingen an die Nieren. Der politische und mediale Mob forderte Ergebnisse. Malte verstand. Schließlich kannte er Stina schon ein paar Jahre und wusste, wie sie tickte. „Bringe die gesammelten Daten bitte auch mit den Flugdaten nach Asien zusammen. Vorrangig mit dem Ziel Bali. Auschecken nach dem Mord an zu Größenfelde und Abflug innerhalb der nächsten sechsunddreißig Stunden, ab Hamburg, Berlin und Frankfurt.“ Nun klang ihre Stimme wesentlich milder. Auch angesichts der ungeheuren Aufgabe, die sie Malte übertrug. „Nehme Dir Hans noch mit. Ich werde zusehen, dass Du noch ein oder zwei Kollegen zur Seite bekommst.“

„Auf Wiedersehen Feierabend“ erwiderte Malte nur und stapfte in den Nachbarraum zu seinem Kollegen Hans.

Im nächsten Telefongespräch erhielt Wallison die frustrierende Nachricht vom Polizeidirektor, dass die in Aussicht gestellten Kollegen, erst in drei Tage ihre Arbeit aufnehmen können. Aufgrund von Engpässen und verfehlter Personalpolitik, gab es einfach keine abkömmlichen Beamten. Wohlwissend, dass es nichts an der Situation ändert, fauchte Wallison den ‚Chief' an. Sie ließ Dampf ab. Seit Jahren forderte sie mehr Personalstellen ein. Die Arbeitsbereiche wurden immer umfangreicher, aber die Politik strich weiter Planstellen. Schon lange wurden kleinere bis mittlere Delikte nicht mehr richtig erfasst. Eine vernünftige Polizeiarbeit blieb auf der Strecke. Immer mehr Kollegen quittierten ihren Dienst, wegen Frust und Burnout. Eine fatale Entwicklung.

Auch in anderen Fachbereichen fand keine adäquate Bearbeitung mehr statt. Nachdem zum Beispiel viele Stadtteilbüros in Lübeck dem Spardiktat zum Opfer fielen, dauert die Zulassung von Autos jetzt vier bis sechs Wochen. Allein der Terminvorlauf für einen Passantrag, dauert im Internet bis zu sechs Wochen. Ohne Termin ist ein Passantrag oder ähnliches, überhaupt nicht mehr möglich.

Vorerst hielt Stina die schlechte Nachricht noch zurück. Sie wollte Malte nicht demotivieren. Kurzerhand wählte sie die Nummer von York und bat ihn um einen Gefallen, der in diesem Fall nicht für die Öffentlichkeit bestimmt war.

027

Sa-12.August-2017

Am Samstag kämpfte sich PM Malte Scheel mit seinem Kollegen Hans immer noch erfolglos durch den Berg an Abfragen. Bisher hatten sie keine Zeugen aufgespürt, die verdächtige Personen oder auffällige Autos wahrgenommen haben. Offenbar fahndeten sie doch nach einem Geist. Es zeugte davon, dass ihr Täter ein Chamäleon sein musste. Äußerst wandlungsfähig bis zur Unsichtbarkeit. Die beiden klapperten Herberge für Herberge, im Umkreis von fünfzehn Kilometern ab. Bisher war es ihnen nicht bewusst, dass es so viele Unterkünfte in dieser Region gab. Mehr als fünfzig Prozent der möglichen Häuser standen ihnen noch bevor. Dabei war es keinesfalls sicher, dass der Täter einen Unterschlupf in diesem Umkreis bezogen hatte. Vielleicht nahm er einen längeren Anfahrtsweg in Kauf. Sechzehn, zwanzig oder sogar fünfzig Kilometer. Es ist allenfalls eine Möglichkeit. Eine Abwägung der Wahrscheinlichkeit. Sie benötigten ebenso eine große Portion Glück.

Nur eine Person, die sich an eine Auffälligkeit erinnerte. Eine kleine Abweichung von der Norm. Nicht jeder Mensch erkennt so etwas. Deshalb hakten sie immer wieder nach, ob einzelne Personen in der Beherbergungsbranche nicht doch etwas bemerkt hatten. Das kostete Zeit. Viel Zeit. Polizeiarbeit ist oft ein Geduldsspiel. Ein Puzzle. Sie benötigten Glück. Einen Glückstreffer.

Hier in Travemünde benutzten sie beide ein Fahrrad. Das ging wesentlich schneller. Frustriert darüber, dass die nötige Unterstützung frühestens erst morgen dazu stieß, begaben sie sich in das kleine Boutique Hotel Villa Wellenrausch, in der Kaiserallee. In der stilvollen, ehemaligen Lübecker Kaufmannsvilla, wurden sie von einer eleganten, blonden Dame empfangen. Freundlich erkundigte sie sich nach ihren Wünschen. „Da kann ich ihnen leider nicht weiter helfen" bedauerte sie. „Wir kennen hier jeden unserer Gäste und dabei war und ist niemand, der ihrem Profil entspricht. Das tut mir leid" verabschiedete sich die Dame, von den beiden Beamten.

„Da möchte ich gerne einmal für ein paar Tage logieren" merkte Malte draußen an. „Mit Saskia, meiner neuen Freundin" fügte er hinzu. „Wo ich jetzt so viele Überstunden schiebe, ist dies vielleicht eine nette Überraschung."

„Ach Frauen" brummte Hans. „Ich gehe lieber in den Puff. Ist auf Dauer billiger und hausgemachten Stress gibt es auch keinen."

„Da lasse Dich lieber nicht erwischen. Da steht unser oberster Dienstherr, Deiner Karriere in unserem Verein entgegen." Malte wusste, dass Hans in der Vergangenheit immer wieder bei Frauen aneckte.

Hans grummelte unverständliche Geräusche in seinen nicht vorhandenen Bart. „Weiter" kommentierte er nur kurz.

„Wir statten dem Revier einen Besuch ab. Jetzt sind wir schon sechs Stunden auf dem Drahtesel unterwegs. Ein starker Kaffee wird uns neue Energie bringen. Danach nehmen wir uns die drei großen Häuser vor. Mit dem a-ROSA fangen wir an." Sie nahmen den Weg über die Strandpromenade.

Zu dieser Zeit schlenderten schon eine Menge Touristen auf ihr. Die Strandkorbvermieter strahlten um die Wette. Bei diesen sommerlichen Temperaturen gab es keine Körbe mehr zu vermieten. Hauptsaison eben. Auf dem breiten Sandstrand räkelten sich viele Gäste auf ihren Handtüchern oder Decken und im Wasser hüpften begeisterte Kinder, zwischen Wasserball spielenden Erwachsenden. Am Horizont zeichneten sich eine Vielzahl an weißen Segeln ab. Aus dieser Perspektive erschien es, als wenn sich das ankommende Fährschiff der Finnlines, den Weg durch eine Flotte von Segeljachten erkämpfen muss. Die erfahrenen Wasserschutzpolizisten wussten um die perspektivische Verschiebung. Zwischen allen Schiffen gab es genügend Platz.

In der Regel.

Selten kommt es vor, dass ein Privatschiff den Berufsschiffen in die Quere gerät. Oft sind es Angler, die alles um sich und ihr gechartertes Boot herum, vergessen. Die Aussicht auf den Fang ihres Lebens sowie das Beobachten ihrer Angelsehne, verlangt offensichtlich ihre ganze Aufmerksamkeit. Es ist so eine Art Meditation. Sie werden schließlich eins mit der An-

gelrute, dem Wasser und - in diesem Falle nicht mit dem
erhofften Lebewesen aus der Tiefe, sondern mit der harten
Bordwand eines Schiffes. Meistens jedoch werden sie zu
ihrem Glück gerade noch entdeckt, obwohl sehr oft meister-
haft durch ein dunkles Boot und dunkler Kleidung getarnt.
Dann ertönt ein sehr durchdringendes, langes Schallsignal,
was auch dem letzten Wünschelrutengänger aus seiner geist-
lichen Übung reißt und deutlich macht: *„Du befindest Dich
auf einer Wasserstrasse und versinkst vermutlich in kürzester
Zeit, mit samt der kompletten Ausrüstung auf den Grund der
Ostsee, wenn Du nicht schnellstens einen Abflug machst !“*

Heute ertönte kein Typhon.

Nur fünf Minuten später stellten sie die Räder am Revier ab.
Ihre Kollegin beendete gerade ein Telefongespräch

„Wir haben zwei Treffer“ begrüßte sie Stina Wallison
eigenartig unaufgeregt. „Ist gerade erst reingekommen. Das
Profil passt auf eine Person, die zwölf Tage im Radisson Blu
in Lübeck eingecheckt war und am Donnerstag vom Airport
Hamburg nach Dubai sowie anschließend weiter nach Bangkok geflogen ist. Mit einem oneway-Ticket. Der Mann heißt
Hannes Hansson, gebürtig aus Kopenhagen, aber in Polen
aufgewachsen. Er arbeitet für eine polnische Baumschule
und spricht kein Deutsch. Nur Englisch. Merkwürdiger-
weise hat unsere zweite Person die gleiche Maschine ab
Hamburg genommen und ist dann weiter nach Denpasar,
Bali. Wir sind immer noch ganz am Anfang. Vielleicht haben
wir es doch mit zwei Tätern zu tun“ endete Wallison.

„Wo sind denn diese Informationen alle her ? Wir radeln uns
rund um unzählige Unterkünfte die Waden dick und Du
verfolgst schon zwei Spuren bis nach Asien ?“ Verwundert
schüttelte Hans darüber seinen Kopf.

„Nun, im a-ROSA Hotel war die zweite Person, vom Dienstag 25.Juli bis Donnerstag früh, eingecheckt. Zum dritten
mal übrigens. Im April und Ende Juno auch schon, jeweils
sechs Tage. Er soll ein sehr zurückhaltender Mann sein. Ein

Typ der nicht auffallen möchte. Sein Name lautet Jens Schröder. Deutscher Staatsbürger. Lebt seit 2001 in Indonesien. Wir versuchen gerade mehr über ihn heraus zu finden. Meist hat er noch vor dem Frühstück das a-ROSA Resort verlassen und ist erst sehr spät zurückgekehrt. Deshalb ist dem Nachtportier der Mann so präsent. Freundlich, jedoch stets reserviert." Wallisons Bericht schloss hier.

Die beiden Kollegen schauten sie beinahe fassungslos an.

„Mehr habe ich bisher nicht" fügte sie an, da beide keine Reaktion zeigten. Was sie ihnen verschwieg, war, dass York seinen privaten Kontakt zum Hacker Daniell Holter angezapft hatte. Daniell wurde vor Jahren als Jugendlicher auf dem Priwall angeschossen. Er fiel ins Koma und nachdem er wieder erwachte, musste er feststellen, dass man ihm ein Bein amputiert hatte. Bein oder Leben. Die Ärzte entschieden an seiner Stelle, natürlich für das Leben. Für einen Jugendlichen ein besonders hartes Los. Über eine italienische Stiftung bekam Holter eine hervorragende Reha Maßnahme finanziert sowie im Anschluss ein Jobangebot der Polizei Bremen. Dort arbeitet er seither als Computerspezialist.

In seiner Freizeit widmete er sich ausgiebig, unter Umgehung sämtlicher gesetzlichen Vorgaben, dem hacken fremder Computersysteme. Nicht um Schäden anzurichten, sondern ausschließlich, um an sensible Informationen zu gelangen. Dabei war Holter so geschickt, dass er nie eine zurückverfolgbare Spur hinterließ. Die meisten ‚Opfer' merkten nicht einmal diesen Systembesuch. Schon öfter konnte er York so einen Informationsvorteil verschaffen. Dieser verstand im einzelnen nicht, wie das funktionierte. York hinterfragte auch nicht. Daher vertraute Daniell Holter ihm. Zudem vermutete er, dass York hinter seiner Spezial Reha und dem anschließenden Job bei der Polizei stand. Beweise hatte er nicht. Nur so ein nicht untermauertes Gefühl. Da gab es auch für ihn eine (bisher) unüberwindbare Hürde. Die Vergangenheit von York wies eklatante Lücken auf, die er nicht zu schließen vermochte. In der einen oder anderen Regierungsliste tauchte sein Name sehr wohl auf, aber es war nicht möglich, in seine Personaldatei einzudringen. Mittlerweile biss sich Holter schon seit fast fünf Jahren die Zähne daran aus. Für ihn war es ein Spiel. Ein Spiel, bei dem er noch keinen Punkt gemacht hat.

Augrund der Fähigkeiten Daniell Holters, hatte die Lübecker Kriminalpolizei, so manch eine entscheidende Information erhalten. Allein, sie wusste es nicht. Erst spät weihte York Stina Wallison ein. Anfänglich konnte sie damit nicht so gut umgehen. Furchtbar war für sie der Gedanke, illegale Praktiken gut zu heißen. Heute bewertete sie dessen Fähigkeiten anders. Die Ganoven waren der Polizei technisch meilenweit voraus. York hatte sie zudem überzeugt, dass die Polizei manchmal unorthodoxe Wege einschlagen muss, wenn sie der Aufklärung dienen.

York erklärte ihr, dass der Erfolg in diesem Fall nur einem Buchstaben geschuldet ist. Dem kleinen Buchstaben ‚r'. Der muss auch nicht dazu geholt oder gar gestrichen werden. Allein durch umsetzen des ersten kleinem ‚r' im negativ besetzten Wort ‚furchtbar', um eine Stelle nach vorn, entsteht ein positiv besetztes Wort: Fruchtbar. Hiermit konnte Stina wunderbar leben.

So langsam löste sich die Starre der beiden Kollegen. „Da benötigen wir noch jede Menge Amtshilfe aus Asien. Das kann dauern." Hans hatte als erster seine Sprache wiedergefunden. „Da kann doch jede Person auf nimmerwiedersehen abtauchen."

„Dann müssen wir vor Ort ermitteln. In Thailand gibt es jede Menge hübsche Sehenswürdigkeiten und auf Bali sicher auch" schlug Malte vor und grinste schief.

„Das bekommen wir nie genehmigt. Wir sind die WaschPo und nicht Interpol. Vorerst müssen konventionelle Nachforschungen reichen. Ich werde den Nachtportier später im a-ROSA persönlich befragen. Vielleicht hat er noch eine wichtige Beobachtung gemacht. Sein Dienst fängt erst um dreiundzwanzig Uhr an."

„Dann bleibt uns also das Radisson Blu. Hast Du da einen Ansprechpartner für uns ?"

„Fragt euch zu dem stellvertretenden Hoteldirektor durch. Hier ist der Name und seine Telefonnummer." Malte nahm den Zettel an sich. „Befragt auch die Angestellten und vor allem die Zimmermädchen, die auf dem Zimmerflur gearbeitet haben. Wenn es Wissen in einem Hotel abzusaugen gibt, dann bei dieser Berufsgruppe."

„Lotusblumen in Asien oder Stau in Lübeck. Da fällt die Auswahl nicht schwer. Natürlich entscheiden wir uns für Lübeck. Wir nehmen den Bulli" sagte Malte und griff nach seiner Dienstjacke. „Hängt der Schlüssel im Schrank ?

Sie nickte nur kurz und erwähnte beiläufig, dass York am Montag geschäftlich nach Bali fliegt.

„Wie ?" hakte Hans nach, der immer noch heimlich Stina verehrte und es selbst nach Jahren nicht verstand, dass sie und York ein Paar sind. Nach seiner Ansicht ist York undurchsichtig und vielleicht auch gefährlich. Ebenso wie Daniell Hollter bekam er keine näheren Informationen über ihn. Das wurmte Hans und er witterte ‚Ungemach'. Deswegen stänkerte er auch immer wieder gerne gegen York. „Der will doch hoffentlich nicht auf eigene Faust Detektiv spielen ? Der kann sowieso nichts bewegen !" Komplett gegen den Strich ging Hans, dass York in der Vergangenheit, wie auch immer, so manchen entscheidenden Tipp zu verzwickten Fällen gegeben hatte.

„Nein, nein" wiegelte Stina entspannt ab. „Er trifft sich in Kuta mit einem Geschäftsfreund. Er hat eine spannende Idee entwickelt. Um aber auf Deine Kernaussage näher einzugehen, möchte ich hier einmal den Dalai Lama zitieren: *Falls Du glaubst, Du wärst zu klein, um etwas zu bewirken, dann versuche einmal zu schlafen, wenn eine Mücke im Raum ist.* Ich würde mit solchen Aussagen besser haushalten, Hans. Oft sind es die ganz kleinen Dinge, die unsere Welt verändert haben. Da finden sich zahlreiche Beispiele. Erinnere Dich an

Mohandas Karamchand Gandhi. Geläufiger ist sein Ehrenname, Mahatma Gandhi. Der hat ohne irgendeine Form der Gewalt, die Briten in Indien zum Umdenken gezwungen. Wer hätte damals so etwas für möglich gehalten?"

„Du willst doch nicht allen ernstes Ghandi mit York vergleichen? Das nenne ich eine sportliche Aussage" ätzte Hans.

„Ach was. Du willst es nicht verstehen." Stina verdrehte ihre Augen. „Wie gesagt, York hat auf Bali andere Dinge im Sinn und wird ganz sicher nicht auf die Idee kommen und unsere Arbeit übernehmen." Sie beendete den kurzen Dialog und widmete sich ihren Schreibtischunterlagen.

Datenreihen auswerten.

Eine Sisyphusarbeit. Die nötige Konzentration vermochte sie derzeit nicht aufbringen. In ihrem Kopf spukte ein unverantwortlicher Gedanke herum und nistete sich schließlich fest ein.

„Wenn sich York ab Dienstag sowieso schon auf Bali befindet, vielleicht kann er doch der einen oder anderen offenen, harmlosen Frage nachgehen. Ganz unspektakulär und seine Balikontakte nutzend..."

028

Mo-14.August-2017

Die Befragung des Nachtportiers im a-ROSA sowie die Nachforschungen im Radisson Blu in Lübeck, brachten in soweit neue Erkenntnisse, dass die Thailandspur in eine Sackgasse führte. Hannes Hansson besaß für beide Tatzeiten ein wasserfestes Alibi. Im wahrsten Sinne des Wortes. Er befand sich zu den fraglichen Zeiten auf der Viermastbark ‚Passat' und dozierte vor jeweils rund sechzig Gartenbauingenieuren, über die kostengünstige sowie klimaneutrale Bepflanzung von Schulhöfen und Spielplätzen mit heimischen Gewächsen.

Blieb ihnen nach derzeitigem Ermittlungsstand nur einer übrig. Jens Schröder. Der wiederum befand sich wohl auf Bali. Da, wo York in zweieinhalb Stunden hinfliegen wird.

Stina lenkte den Wagen von der Autobahn in Richtung Flughafen. In Gedanken war sie hin und her gerissen. Einerseits wollten sie und ihre Kollegen diese Fälle lösen. Andererseits wollte sie York nicht damit hineinziehen. Im Gegenteil. Sie hatte darauf gedrungen, dass er den Flug verschiebt. Laut Dr. Konarwarschki sollte er sich noch schonen. Nur, wenn sich York etwas in den Kopf setzte, brachte man ihn davon nur schwer ab. So auch diesmal.

Sie betrachte ihn stumm von der Seite. Seine Nase und das Kinn betonten das Profil. Zum Glück konnte er mit seinen ausdrucksstarken Augen nicht in ihre schauen. Stina Wallison liebte diese Augen, aber zeitweilig hatte sie das Gefühl, er könne damit Ihre Gedanken scannen. Nicht, dass sie York nicht vertraute, aber sehr oft schnitt er ein neues Thema an, was ihr vorher gerade durch den Kopf ging. Themen, welche nicht unbedingt in seinem Fokus standen. Ihren Zwiespalt, bezüglich der Einholung kleiner Erkundigungen auf Bali, behielt sie in diesem Moment für sich. Stina entschied sich dagegen, York diesbezüglich zu fragen.

Vermeintlich unbemerkt kratzte er sich an seiner Gesichtsnarbe. Diese unscheinbare Geste nahm Stina sehr wohl wahr. Gut das der XO nicht dabei war. Er sah in dieser Geste immer Unheil heraufziehen. Ihr war vollkommen klar, dass dies kompletter Quatsch ist.

Allerdings, seit Stina York und den XO kannte, traf diese Beobachtung immer zu. Immerhin schon ein paar Jahre. Verblüffend allemal und irgendwie doch beängstigend.

Länger konnte sie darüber nicht nachdenken. York unterbrach ihre Gedanken und löste ihr Problem auf seine Weise. „Wenn ich auf Bali bin und zufällig Langeweile verspüre, dann kann ich für Euch doch der einen oder anderen Frage nachgehen." Erstaunt blickte Stina ihn an. Da war es wieder. Dieses Gedanken lesen. Entspannt musterte York sie. „Ganz diskret natürlich" fügte er lächelnd an.

Stina antwortete nicht sofort und konzentrierte sich augenscheinlich auf die Streckenführung am Hamburger Airport, zum Terminal 1. Vor dem Terminal fand sie einen freien Parkplatz in der Kurzzeit Parkzone. Die Gepäckaufgabe war rasch erledigt, sodass noch Zeit für einen gemeinsamen Cappuccino zur Verfügung stand. In der ersten Minute schwiegen sie beide. Stina überlegte, wie sie auf das brisante Thema eingehen sollte. York betrachte sie liebevoll.

Nach dem hervorragenden Abendessen gestern Abend im Fisch Hus, sie aßen dort am liebsten die Mixed Fischplatte, leerten beide zusammen in Stinas Wohnung, am ‚Alten Leuchtturm', eine gute Flasche Weißwein von Weinreich. Danach hatten sie sich intensiv geliebt. In dem Bewusstsein, dass in den nächsten zehn Tagen keine Zärtlichkeiten ausgetauscht werden können. Zwei Stunden später ließen sie voneinander erschöpft ab. Stina war eine erfahrene sowie hungrige Liebhaberin und stachelte seine Lust immer wieder aufs Neue an. York liebte das. Mal war sie zärtlich und spielte mit Ihren Fingern und der Zunge, auf allen erotischen Kanälen seines Körpers, mal war sie wild und fordernd, saß rittlings auf ihm mit zuckendem Unterleib, ähnlich einer Rodeoreiterin, bis zum nächsten Höhepunkt. Spielerische kleine Bisse fügte sie ihm dabei zu. Ihr Ausdruck, höchstem sexuellen Verlangens. Für York war Stina die fleischgewordene Erotik. Bei den Gedanken breitete sich ein wohliges Gefühl in seiner Leistengegend aus. Sein kleiner Freund begann leicht anzuschwellen.

Stina hatte sich entschlossen. „Ich möchte nicht, dass Du auf Bali Detektivarbeiten ausübst. Das erscheint mir zu gefährlich und von der rechtlichen Seite ist das nicht legal. An unsere Informationen müssen wir durch die indonesischen Behörden kommen. Das kann natürlich dauern. Ich möchte auch nicht, dass Du Dich in Gefahr begibst. Versprichst Du mir das ?"

„Okay, ich werde keinerlei Anstrengungen unternehmen" versprach er und dachte „*außer, es ist nicht anstrengend. Vorsichtig umhören ist keine Anstrengung.*" York rutschte vom Barhocker. „Ich muss jetzt los. Die Sicherheitskontrollen sind immer sehr zeitraubend und Dein Auto muss auch von dem Platz weg. Vielleicht hast Du schon einen Gruß vom Stadtamt an der Windschutzscheibe hängen." Er zog Stina an sich und gab ihr einen liebevollen Kuss auf ihre wunderschönen Lippen. „Ich liebe Dich" hauchte er.

„Ich liebe Dich auch !" Für Stina war es mittlerweile ganz natürlich, ihre Gefühle verbal zu äußern. Am Anfang ihrer Beziehung tat sie sich schwer damit. „Komme mir ja gesund wieder. Ich freue mich jetzt schon !" Sie drückte ihn noch einmal ganz fest. Ihre dunkelbraunen Augen suchten seinen Blick. „Ich werde uns eine besondere Liebesnacht bereiten" flüsterte sie. „Versprochen !"

Das Auto startete Stina nicht sofort. Eine Träne rollte an ihrer rechten Wange hinab. „Ich vermisse Dich jetzt schon" sprach sie laut und startete den Wagen.

Die Boeing 777-300 der Emirates Airline hob pünktlich um einundzwanzig Uhr fünfunddreißig nach Dubai ab. York saß im bequemen Business Abteil. Er buchte aus Sicherheitsgründen immer den vorderen Bereich in einem Flugzeug. Statistisch gesehen ist die Überlebenschance bei einer Crashlandung, im vorderen und hinteren Bereich am höchsten. Die Statistik zeigt auch auf, dass Gangplätze gegenüber Fensterplätzen vorzuziehen sind. Dagegen entschied er sich regelmäßig. Den Blick aus dem Fenster, mit der ungewohnten Perspektive, ließen York diese Statistik vernachlässigen. Wie ein kleiner Junge staunte er immer wieder über die ausladende Sicht oder die kleinen Ameisen in Form von Autos, die in einer Momentaufnahme durch die ovalen Fenster zu erspähen waren. York wusste, dass die Flugzeugfenster aus Sicherheitsgründen oval sein mussten. Nur durch diese Form ist es den Fliegern überhaupt möglich, in diesen Höhen zu fliegen. Durch die Erhöhung des Kabinendrucks in großer Höhe, wo der Außendruck immer geringer wird, was wiederum dem Luftwiderstand, der Geschwindigkeit und dem Verbrauch zu Gute kommt, dehnt sich der Flugzeugrumpf marginal aus. Rechteckige Fenster sorgen für eine Verstärkung der minimalen Ausdehnungskräfte, was im Rumpf zu Rissen und schlussendlich zur Katastrophe führen kann.

Dieser Flug fand überwiegend in der Dunkelheit statt. Dennoch. Das Lichtermeer größerer Städte, die Linienführung beleuchteter Straßen sowie das klare Funkeln der Sterne im dunstfreien Umfeld, übten eine ungeheure Faszination auf York aus. Um in den Genuss des ergreifenden Sonnenaufgangs zu kommen, saß er auf dem Platz 7A. Bevor es dazu kam, gönnte er sich zwei Stunden Schlaf.

In Dubai betrug die Umsteigezeit zweieinhalb Stunden. Für eine halbe Stunde begab sich York auf dem Airport in ein Fitnessstudio, um die weitere Flug- und Ruhezeit von über neun Stunden besser zu überstehen. Sein Sitznachbar, ein Balinese, mit einer Geographieprofessur in Göttingen, erklärte ihm stolz, welche Ausdehnungen seine Heimat aufweist. Mit über 5.000 Kilometer in der Breite und fast 1.800 Kilometer in der Höhe, besitzt Indonesien die vierzehnt größte Landfläche der Erde. Deutschland ist nicht einmal unter den Top fünfzig zu finden. Erst auf Platz zweiundsechzig.

In munterer und kurzweiliger Form plauderte der Professor über Land, Leute und Naturkatastrophen. York war dankbar über diese unerwartete und interessante Unterhaltung. Dabei erfuhr er nebenbei, dass die Wikinger schon eine Art Navigationssystem benutzten. Den Sonnenstein. „Ein Kristall aus Calzit. Aufgrund seiner doppelt brechenden Eigenschaften, entstehen bei der Betrachtung der Sonne, mittels eines solchen Kristalls, zwei Lichtbündel, deren Intensität vom Einfallswinkel des Sonnenlichts abhängig ist. Sind beide Lichtbündel in ihrer Intensität identisch, so ist der Kristall zur Sonne ausgerichtet. Dies funktioniert selbst bei Bewölkung und sogar bis zu vierzig Minuten nach Sonnenuntergang zuverlässig" beendete er seinen Diskurs und erkundigte sich höflich: „Machen Sie Urlaub auf Bali?"

„Ich hoffe einiges von Bali zu sehen. Vorrangig bin ich geschäftlich unterwegs" erwiderte York. Aus einer Eingebung heraus, verschwieg er seinen Baliurlaub vom letzten Jahr.

„Ich gebe Ihnen gerne meine Karte und würde mich freuen, wenn ich Ihnen Bali näher bringen darf. Rufen Sie mich an, wenn Sie möchten."

Dankend nahm York die Visitenkarte entgegen.
Professor Mirta, Denpasar, Karang 17c, Batujimbar-Sanur, Bali Indonesia, Phone (+62) 362 19264

028

Di-15.August-2017

Auf dem Weg zum Fischtempel lud der XO seine drei Segelfreunde, Dildo, Gib, und Litze auf ein großes Eis, ins Eiscafe Venezia, in der Vorderreihe ein.

Sie saßen noch nicht ganz auf den Stühlen, da holte Dildo schon seinen großen Hydraulikbagger 500 heraus und baggerte die hübsche Servicekraft hinter dem Tresen unverblümt an. Lächelnd wehrte sie seine Einladung, auf ein unverfängliches Getränk in der Ostseelounge am Strand ab. Sie vertröstete ihn auf unbestimmte Zeit.

„Für mich nur ein kleines" bat Gib, auf dessen Segelyacht sie heute Vormittag, alle zusammen auf der Lübecker Bucht waren. Seine wunderschöne Spirit 46 ist eine Augenweide und besitzt tolle Segeleigenschaften.

„Ne, ne" mischte sich Litze sofort ein. „Bleibt bei groß. Was Du nicht schaffst, verspeise ich. Hier bei Pascal gibt es ein super leckeres Eis. Das lasse ich mir nicht entgehen !" Der einen Meter neunzig lange Litze, mit seinen einhundertfünf Kilogramm Kampfgewicht, klopfte sich auf seinen mächtigen Brustkorb.

„Da ist auch kein Weizenmehl drin. Somit wirst Du von einer Weizenwampe verschont." Claus, der XO, beschäftigte sich ausgiebig mit gesunder Ernährung und war immer auf dem neuesten Stand.

„Na hör mal" beschwerte sich Litze. „Ich habe kein Problem mit einer Wampe. Das sind alles Muskeln !"

„Darum geht es gar nicht Litze. Die Qualität der Nahrungs-versorgung stimmt einfach nicht mehr. Durch das Fastfood zum Beispiel werden die Menschen dick und krank. Vor Jahrzehnten ist der ursprüngliche Weizen gentechnisch so verändert worden, dass er resistenter gegen Schädlinge wurde und nicht mehr so Wind anfällig, da kürzer und stabiler. Hierdurch gibt es jede Menge Weizen zum kleinen Preis und steckt sogar in Produkten, die Du Dir gar nicht ausmalen kannst. Der Nachteil ist unter anderem, dass dieses Produkt eine Art Suchtverhalten auslöst. Versuche mal, Dich ohne Weizen zu ernähren. Wirklich ohne. Da kommst Du an Deine Grenzen und entwickelst einen jibbel auf dieses Produkt. Der genmanipulierte Weizen ist jedoch auch ein Auslöser vieler Krankheiten und Allergien. Viele arme Menschen sterben jetzt nicht mehr dem Hungertod, dafür werden sie nun krank und dick – und quälen sich oder sterben daran. Allenfalls die Reichen können sich gesund ernähren, sofern es ihnen bewusst ist. Deshalb auch Weizenwampe. Aber ein paar Pfunde..." beendete der XO den Satz nicht vollständig und griente.

„Eben hatte ich noch großen Hunger" beschwerte er sich.

„Wir wollen ja gleich auch leckeren Fisch essen" brachte sich Gib in das Gespräch ein.

„Der XO findet da sicher auch noch was, was uns den Appetit verdirbt" lachte Dildo.

„Ich werde mir im Fischtempel so richtig den Bauch voll-schlagen. Mit oder ohne Weizen !" feixte Litze.

„So lange Du das nicht ausufern lässt, mein lieber Litze" grinste Dildo noch breiter. Sonst brauchst Du keinen Perso-naltrainer mehr, sondern einen Personalträger."

„Ich mache doch wohl genug Sport. Täglich." erwiderte er. „Ausreden gibt es bei mir nicht. Eine Patientin von mir kann schon keinen Sport mehr ausüben, wenn sie keine oder nur die falschen Ohrringe trägt !"

Die Plätze des Eiscafes füllten sich immer mehr und in der Vorderreihe schoben sich immer größere Menschentrauben durch und blockierten die Strasse. Gefühlt ganze Busladun-gen. Dabei nahm kaum jemand wahr, dass die Vorderreihe immer noch eine Autostrasse und offizieller Radwanderweg ist - ganzjährig. Keine Fußgängerzone. Mitunter gab es hierzu lautstarke Auseinandersetzungen, wobei die Men-schen mit dem fehlenden Unrechtsbewusstsein am lautesten schrien.

Menschen, Fahrräder, e-Bikes, Rollatoren und Autos ver-suchten sich die drei Meter schmale Strasse zu teilen. Mittendrin erspähten die Freunde eine Dame, welche mit einem weißen Papagei auf Ihrer Schulter sitzend, flanierte Die Aufmerksamkeit der meisten Passanten war ihr gewiss und lenkte für diesen Zeitraum die Augen von den Zeitge-nossen ab, die nur mit Badebekleidung den Ort säumten.

Dies ist auch selten ein schöner Anblick.

„Ich mag es, wenn die Leute einen ausgeprägten Spleen haben. Solange niemand wirklich gestört wird. So ist die Welt doch viel bunter." Gib zündete sich seine Pfeife an. Sweet Mango.

„Da hatte ich gestern ein krasses Erlebnis der dritten Art, an einem mit automatischen Schranken ausgestatteten Bahnübergang, am Ortsrand von Ahrensburg" gnickerte Dildo. „Der Bahnübergang war mit rotweißen Girlanden abgesperrt, obwohl die Automatikschranken funktionierten. Drei ganz skurrile Typen, in orangefarbenen Warnwesten, regelten mit der Girlandenabsperrung die funktionierende Schrankenanlage. Sie probten nur und ließen niemanden passieren. Das ging beinahe zwanzig Minuten so und die Autoschlange auf beiden Seiten des Bahnüberganges wuchs unaufhörlich an. Auf Fragen von Verkehrsteilnehmern, wann, wie und ob es überhaupt noch zu einer Öffnung kommt, reagierten die drei nicht. Irgendwann sammelten sie ihre Girlanden ein und verschwanden mit je einem Privatauto. Die Situation erinnerte mich irgendwie an Loriot. Wahrscheinlich waren die frisch aus der Psychiatrie entflohen" lachte er.

„Das kannst Du haben, aber es laufen so viele ‚durchgknallte' Menschen in Freiheit herum, da ist es nicht immer leicht, die Spreu vom Weizen zu trennen" merkte Gib an. „Nicht wenige davon verstecken sich hinter hochtrabenden Titeln oder Posten. Es outen sich ja die wenigsten so deutlich, wie der derzeit amtierende US-Präsident. Der wird Spuren hinterlassen. Spuren, auf die unsere Welt nicht gewartet hat."

„Da gebe ich Dir voll und ganz Recht. Ein Psycho wie er im Buche steht ! Claus setzte eine ernste Miene auf. Unabhängig hiervon, hinterlassen wir alle deutliche Spuren auf diesem Planeten, ob wir wollen oder nicht. Natürlich allein schon deshalb, das es uns gibt. Die Frage ist nur, wie nachhaltig sich diese Spuren auf den Planeten auswirken. Wenn jeder Mensch sich bewusster im Leben bewegt, werden die

Ressourcen länger halten. Das betrifft viele Ebenen. CO2 ist in aller Munde. Energieverbrauch und so weiter. Wer von Euch hat denn schon einmal etwas vom Wasserfußabdruck gehört ?" Er blickte nur kurz in die Runde und wusste im vorn hinein, dass er dreimal ein verständnisloses Schulterzucken ernten würde.

„Es geht darum, sich klar zu machen, wie viel Wasser zum Beispiel für ein Kilo Äpfel aufgewendet werden muss. Wie wasserintensiv der Apfelanbau ist. Da kommt ihr bestimmt nie darauf. Man spricht deswegen auch von einem versteckten oder virtuellen Wasser. Quasi dem Wasserfußabdruck. Es werden für ein Kilogramm reife Äpfel, 822 Liter Wasser benötigt. Bei Tomaten werden 214 Liter pro Kilogramm verbraucht. In einem Kg Kartoffelchips stecken schon 1.040 Liter und in Pasta 1.849 Liter. Bei Tieren ist das noch intensiver. Was sie trinken kann beinahe vernachlässigt werden. Die Nahrung zählt umso mehr. Daher sind 5.988 Liter in einem Kg Schweinefleisch und im Rind sogar das dreifache: 15.415 Liter."

„Deshalb lebe ich hauptsächlich von Kaffee, Bier und Käse" warf Gib ein.

„Na, mein lieber Gib. Die Bilanz sieht auch nicht so toll aus. Für Bier hält es sich in Grenzen. Da wird pro Liter Bier, knapp 300 Liter Wasser benötigt. Wein ist weit intensiver und benötigt 870 Liter. Beim Käse liegt der Wert schon bei 3.200 Litern. Der Kaffee liegt ganz weit vorne. Um eine Tasse Kaffee trinken zu können, müssen 1.000 Liter Wasser investiert werden. Ganz schön krass. Selbst die Herstellung einer einzigen Jeans, verschlingt fast 8.000 Liter Wasser. Gutes Wasser. Der Anteil an Wasser, das bei der Produktion verunreinigt wird, ist bei Baumwoll-Stoff besonders hoch. Wir konsumieren im Prinzip alle gedankenlos. Kaufen und kaufen, mit der bekannten ‚Wegwerf-Mentalität'. Wir müssen auf vielen Ebenen besonnener mit Produkten umgehen. Natürlich können wir nicht auf Essen verzichten, aber wir können darauf schauen, wie die Produkte hergestellt werden und ob wir jede neue Modeströmung mitmachen müssen.

Warum ist es nicht möglich, erworbene Textilien auch im nächsten oder übernächsten Jahr zu tragen ? Diese vielen kleinen Dinge, multipliziert mit sieben Milliarden Menschen, ergibt einen Raubbau sondergleichen." Der XO endete hier abrupt, um die Wirkung seiner vorgetragenen Daten zu verstärken.

Sichtlich erstaunt, angesichts dieser Tatsachen, blickten ihn alle drei erwartungsvoll an. Sie kannten Claus zu gut, als dass auch nur einer daran glaubte, dass er schon mit diesem Thema abgeschlossen hatte.

„Wir können jetzt gerne aufbrechen" begann der XO. „Abschließend möchte ich nur noch ein Zitat von Hannes Jaenicke anbringen: *„Beim Klima gibt es keinen Plan B. Wir haben auch keinen Planeten B!"*

029

Die neue und hoch motivierte Polizeimeisterin Christiane Caro, legte einen besonderen Tatendrang an den Tag. Frisch von der Polizeischule und an ihrem ersten Fall tätig, brannte sie darauf, ihren Kollegen zu zeigen, was sie drauf hatte.

Ihre Beurteilungen durch die Vorgesetzten, während der Ausbildung, waren durchweg überschwänglich. Sie hatte eine erfrischende Art und veränderte so manche eingefahrene Sichtweise, durch neue Perspektiven. Kollegen, die sie in den ersten vier Wochen kennenlernten, sagten ihr eine steile Polizeikarriere voraus. Besonders die männlichen Kollegen sahen dies so und machten ihr durchweg den Hof. In verschiedenster Art und Weise. Caro spielte mit diesem Bonus. Sie beherrschte das Spiel so gut, dass bald jeder Mann auf der Dienststelle das Gefühl bekam, er wird der nächste Auserwählte sein. Entsprechend unangenehme Situationen entstanden hierdurch. Zwischen den Kollegen entwickelte sich zum Teil eine ungesunde Rivalität. Hierdurch litt die Konzentration, welche für die meist zermürbende Polizeiarbeit unabdingbar war.

Mit Sorge betrachtete Stina Wallison diese Entwicklung in ihrem Umfeld. Nicht, dass sie missgünstig gegenüber ihrer Kollegin war, aber für Wallison entstand zu viel Unruhe im Team. Für den Abend hatte sie sich deshalb mit der neuen Mitarbeiterin im Casablanca zum Abendessen verabredet.

Bei einem Glas Rotwein, gutem Essen und der gemütlichen Atmosphäre, beabsichtigte sie, der Neuen grundsätzliche Leitlinien mit auf den Weg zu geben. Sie wollte den Wildfang nicht brechen. Im Gegenteil. Nur einnorden.

Sie brauchte ein kraftvolles Team. Ein Team, in dem sich alle vertrauen und für einander einstehen.

030

Kuta, Bali, Indonesien

Über neun Stunden Flug sind in der Business Class angenehm zu absolvieren. Entsprechend ausgeruht kam Jörg Illmer in Denpasar an.

York fühlte sich so ausgeruht, dass er nach dem einchecken im Kuta Paradiso Hotel, sofort noch einen Bummel durch die Restaurantmeile unternahm. Riesige Leuchtreklamen verwiesen auf Fischrestaurants mit frischem Fisch. Überall boten die Gastronomen, in unzähligen Wasserbassins, Krebstiere vom kleinen Taschenkrebs bis zum Lobster sowie Edelfische an. Lebende Tiere zum aussuchen. Die Lobster steckten samt und sonders gefangen in 1,5 Liter PET Flaschen. Zu hunderten. Ein grausames Bild.

Obwohl York Krebstiere mochte und er Hunger verspürte, verschlug es ihm den Appetit. Er entschied sich stattdessen für ein scharfes Fischcurry. Dazu gönnte er sich ein Bintang Bier. In Indonesien ist es die meistverkaufte Biermarke. Das Pils mit seinen fünf Prozent Alkoholgehalt schmeckt ein wenig wie ein Heineken, was wiederum nicht verwundert, da die Heineken Gruppe der Brauerei vorsteht. Bei einer Lufttemperatur von siebenundzwanzig Grad spülte York, das in einem geeisten Bierglas servierte Getränk, in drei Zügen hinunter. Dem Flüssigkeitsverlust vorbeugend.

Im quirligen und bunten Kuta gehen die Lichter um dreiundzwanzig Uhr noch nicht aus. Hunderte Roller knatterten durch die Stadt. Dazwischen mühten sich die Autos. Immer wieder kam es zu Staus. Mittendrin rollten bunte und beleuchtete Pferdekutschen, welche als Taxi fungierten. In den chilligen Bars gab es überall freies WLAN. York setze eine kurze Nachricht an Stina ab, dass die Anreise perfekt geklappt hat. Gegen ein Uhr morgens, in Deutschland war es erst neunzehn Uhr, begab er sich auf sein Zimmer und ins Bett.

Die nötige Bettschwere war erreicht.

31

Mi-16.August-2017

Am nächsten morgen setzte sich York, gleich nach dem üppigen Frühstücksbuffet, mit seinem Geschäftskontakt in Verbindung. Zumindest versuchte er es. Ihm wurde mitge-

teilt, dass sich Ednap Sikul gestern in den Nordwesten auf-
gemacht hatte, um seine schwer kranke Mutter zu pflegen.
Wo das genau ist war nicht weiter bekannt. „Nächste Woche
wird er wieder zurück erwartet."

Bali eben. Damit musste York jetzt leben. Hier wird ein anderer Rhythmus an den Tag gelegt. Sein Rückflug war ohnehin offen, sodass er hier nichts umorganisieren musste. Sein
unerwartetes Zeitvakuum füllte er problemlos mit ein paar
Ideen und unternahm erste vorsichtige Schritte, um an Informationen über Jens Schröder zu gelangen.

Erstaunlicherweise stellte sich schnell heraus, dass er sich
bereits gestern Abend, vielleicht in unmittelbarer Nähe zu
Schröder befand. Ausgerechnet die Lounge Bar, in der er
Stina eine Nachricht schrieb, gehörte dem Mann. Eine sehr
ansprechende Bar mit guter Musik und lauschigen Oasen
zum ausstrecken.

Er beschloss, dieser Bar noch einen Besuch abzustatten. Um
nicht unnötig aufzufallen, besann er sich auf Professor Mirta.
Den balinesischen Sitznachbarn aus dem Flugzeug. Das
Glück war mit ihm. Nach einem kurzen Telefonat verabredeten sie sich im ‚S.Roeders'. Die beinahe Namensgleichheit
sah er nun glasklar vor seinen Augen. Es war so einfach, wie
genial.

Offenbar versteckte sich der Mann nicht. „Entweder ist er
unschuldig oder er wiegt sich in Sicherheit. Irgendwelche
Tatortspuren des Täters oder Zeugen gibt es laut Stina
nicht." York zweifelte. Vorerst bestand die Unschulds-
vermutung. Bisher war das einzige Vergehen Schröders, die
Anwesenheit in Travemünde und sein Lebensmittelpunkt
Bali, woher die Holzpflöcke stammten. Nicht viel. Im Prinzip gar nichts. Für einen Indizienprozess brauchte es wesentlich mehr. Um eine eventuelle Auslieferung auf vertrags-
loser Grundlage durchzusetzen, standen die deutschen Behörden mit leeren Händen dar.

Für York kein Problem. Es war nicht sein Job, Beweise für

oder gegen diese Person zu sammeln. Dafür gab es die Polizei. Er hatte lediglich angeboten, ein paar Informationen vor Ort für Stina zu sammeln. Er sah dies als Freundschaftsdienst für Stina und als eine Art ,outsourcing' von Polizeiarbeit. Da York kein Beamter ist, konnte er Informationen beschaffen, deren Zugang der Polizei gesetzlicher Weise verwehrt blieb oder Methoden anwenden, die vor dem deutschen Gesetz keine Anwendung fanden. In seinem Fokus auf Bali, stand eine Zusammenarbeit zwischen Ednap Sikul, einem jungen Künstler, und ihm weiter auszuloten. Deshalb hielt er sich auf Bali auf. Nur Sikul war im Moment nicht zu erreichen.

Dafür erschien Professor Mirta pünktlich, sodass beide zusammen das ,S-Roeders' betraten. An diesem Vormittag war es schon gut besucht. York wählte einen Platz, an dem er einen guten Überblick erhielt. Sie bestellten Kelapa Muda. Einen Kokosnussdrink von einer jungen Kokosnuss.

Der Professor freute sich, das York sich entschieden hatte, sein Angebot als Fremdenführer anzunehmen. Verschwiegen hatte er ihm lediglich, dass er beabsichtigte, Informationen über Jörg Schröder einzuholen. Einen Einheimischen an seiner Seite brachte viele Vorteile mit sich. Neben Ortskenntnissen, gesellschaftlichen Gepflogenheiten, verschaffte er ihm auch eine gewisse Unsichtbarkeit. Ein vollkommen fremder Reisender fällt mehr auf, als wenn er in der heimischen Szene verschmilzt.

Begeistert legte ihm Mirta dar, was er alles an Highlights erleben wird. Von bedeutenden Tempelanlagen, über die Reisterrassen, die alte Hauptstadt Singaraja im Norden, speziellen Tauchspots im Norden und Nordosten sowie den Kaffeeplantagen, wo der berühmte Kopi Luwak angebaut wurde. Der Katzenkaffee. Der teuerste Kaffee der Welt. Schleichkatzen fressen die reifen Kaffeekirschen und scheiden die unzerkaute Kaffeebohne unverdaut wieder aus. Bei diesem Prozess fermentieren die Bohnen und werden durch die Enzyme der Verdauungssäfte veredelt. Dies macht den Kaffee so einzigartig und wertvoll. Per Hand sammeln die

Kaffeebauern die Bohnen ein. Natürlich werden die Kaffeebohnen vor dem Mahlvorgang von dem Kot getrennt und gereinigt. Kenner schätzen diese Kaffeerarität und zahlen je nach Verpackungseinheit zwischen 250.- bis 400.- Euro.

Bevor beide auf Bali Erkundungstour gingen, wollte York jedoch noch ein paar Informationen über Schröder in Erfahrung bringen. Es wurde Zeit, den Professor einzuweihen. Behutsam formulierte er seine Frage. Eher nebenbei lenkte er das Gespräch auf Schröder. Seine Frage beantwortete Mirta ganz anders, als erwartet.

„Schröder ? Jens Schröder ?" Mirta lachte leise. „Den kenne ich gut. Meine Cousine war mit ihm verheiratet und die andere Cousine fungiert hier in der Loungebar als Geschäftsführerin. Was möchtest Du von ihm ?"

Überrascht blickte ihn York an. Damit war seine ‚Tarnung' keine mehr. Schnell musste er sich eine halbwegs plausible Erklärung einfallen lasse. Alle Karten wollte York zu diesem Zeitpunkt nicht auf den Tisch legen. Bisher gab es nur einen Verdacht. Rufmord ihm gegenüber wollte er nicht betreiben. „Ich dachte, ein Barbesitzer kennt viele Leute und er kann mir Informationen zu dem Künstler geben. In Deutschland wurde mir in diesem Zusammenhang sein Name genannt." So ganz gelungen empfand York seine Story nicht.

Der Professor sah ihn einen Moment lang schweigend an, ehe er antwortete. „Das Jens mittlerweile auch in Kunst macht ist mir neu. Allerdings stehen wir nicht so in engen Kontakt. Nicht mehr. Ich bin leider durch meinen Beruf nicht so häufig auf Bali, um mir ein Urteil zu erlauben."

„Gab es Differenzen ?" hakte York nach.

Wieder blickte Mirta ihn musternd an. York ahnte, dass er sein Misstrauen geweckt hatte.

„Entschuldige bitte, ich möchte mich natürlich nicht in Dinge einmischen, die mich nichts angehen" hängte er hinten dran. York sog am Strohhalm das Kokosnusswasser.

„Nein, nein. Ist schon in Ordnung. Jens hat sich nach den Schicksalsschlägen wahnsinnig verändert." Mirta stockte. York nickte ihm aufmunternd zu. „Jens war ein lustiger Geselle. Gütig, freundlich und sehr sozial. Überall beliebt. Mit dieser Bar äußerst erfolgreich. Die Ehe mit meiner Cousine rund um glücklich - so weit ich das beurteilen kann. Neunzehnhundertneunzig kam Anna, ihre Tochter zur Welt, was ihr Glück komplettierte." Mirta pausierte nochmals und schluckte zweimal.

York schaute ihn mit einem klaren, offenen Blick an.

„Dann passierte das Unfassbare. Am 01.Januar 2008 wurde Anna mehrfach vergewaltigt, ermordet und wie ein Stück Vieh an dem Tatort zurückgelassen. Drei verschiedene Spermaspuren wurden nachgewiesen und es konnte kein Täter ermittelt werden.."

Die Augen von Jörg Illmer verdunkelten sich um zwei Farbnuancen. „Oh weh" brachte er nur heraus, denn Mirta sprach gleich weiter.

„Jens Schröders Ehefrau kam über dieses Drama nie hinweg und sprang zwei Jahre später von den Klippen des **Tempel Pura Luhur Uluwatu. Dem Tempel göttlicher Herkunft, wo zur Meeresgöttin Dewi gebetet wird. Jens verwandelte sich völlig. Seine fröhliche Unbeschwertheit kam nie wieder zum Vorschein. Wir glaubten alle, dass er auch Suizid begeht. Die wahnwitzigsten Wellen surfte er ab. Immer extremer. Immer dann, wenn sich niemand mehr hinaus wagte. Gleichzeitig kommuniziert Jens meist nur noch mit seiner Schwägerin. Allerdings nur das Notwendigste. Sie führt das Geschäft. Die Einnahmen verschaffen ihm ein sorgenfreies Leben. Er reist in letzter Zeit viel nach Europa. In ein Schweigekloster, so heißt es. Vielleicht sucht er seine verloren gegangene Seele. Es würde mich freuen, wenn er seinen Frieden findet und sich mit dem Leben aussöhnt."

Ein Frösteln überkam York. „Das ist ja furchtbar" entfuhr es ihm. Gleichzeitig wusste er nun um das Motiv der Morde in Travemünde – sowie auch dem in Bangkok. Schröder musste die Mörder seiner Tochter gefunden haben. Oder zumindest die, die er dafür hielt und verübte grausame Selbstjustiz an den Tätern. Vergeltung und ewige Verdammnis.

York teilte seinen Verdacht vorläufig nicht mit Mirka.

32

Travemünde, Schleswig-Holstein

Die Dienstbesprechung am Mittwochmorgen wurde um zwei Stunden nach hinten verschoben. Hauptkommissar Doni fehlte. Heute sollte die Ermittlungsstrategie neu ausgerichtet werden. Dazu brauchten sie ihn. Der Druck der Politik und Presse hatte sich, wie immer in solchen Fällen, erheblich erhöht. Die einen wollen sich profilieren, die anderen ihre Auflage steigern. Ein gefundenes Fressen. Die Politiker heucheln Anteilnahme und versprechen die Sicherheitslage der Bevölkerung zu erhöhen. Das ist natürlich vollkommener Quatsch. In erster Linie sind sie daran interessiert, ihre eigenen Umfragewerte zu erhöhen. Dafür streuen sie dem Volk etwas Zucker in die Augen. Sie erhöhen tatsächlich die Zahl der Beamten, um drei bis fünf Beamte. Temporär. Das ausgerechnet sie die Personaldecke vorher erheblich gesenkt haben, das wird vergessen zu erwähnen. Das Wahlvolk hat dies auch nicht mehr auf dem Schirm. Menschen vergessen schnell. Die Presse lebt von grauenvollen Ereignissen. Je schlimmer eine Tragödie, je umsatzträchtiger. Eine win-win Situation beider Lager.

„Ich erreiche Doni nicht" hatte Malte Stina zugeraunt. Beiden war bekannt, dass ihr neuer Kollege ein erhebliches Alkoholproblem besitzt. Sie hatten ihm während der letzten

Tage schon zweimal den Arsch gerettet.

Die Augen von Stina funkelten. „Ich fahre bei ihm vorbei und schaue, ob er zuhause ist. Ich hoffe für ihn, dass er nicht wieder voll ist. So kann es nicht weitergehen, Malte. Er muss sich einer Therapie unterziehen. Ich rede ein letztes Mal mit ihm" verabschiedete Stina sich rasch. Beide waren übereingekommen, die Dienstaufsicht noch nicht zu benachrichtigen. Ihm eine letzte Chance zu geben. Offensichtlich verstand er sie nicht zu nutzen. Alkoholiker müssen sich ihre Sucht selbst eingestehen und eine Therapie wollen, sonst nutzt es nicht. Nicht nur im Polizeidienst kann dies eine explosive Mischung sein.

Stina und Malte bewegten sich auf dünnem Eis.

Mit dem Dienstwagen fuhr Wallison durch die Vorderreihe zum Fischereihafen. Vor den Cafes und Bäckereien, saßen um diese Zeit, es war bereits kurz vor neun Uhr, die üblichen ‚Verdächtigen' bei Kaffee oder Frühstück. Noch bewegte sich auf der Shoppingmeile nicht viel. Die Geschäfte öffnen erst um zehn Uhr und der Wochenmarkt offeriert seine Waren erst wieder am Donnerstag.

Wallison stellte den Wagen an der Slipanlage für trailerbare Boote ab und schlenderte zum Steg. ‚Betreten nur für Bootslieger' las sie. Federnd sprang sie über die Sperrkette auf die trockenen Bohlen. Diverse Motorboote liegen hier vertäut. Am Ende befinden sich zwei moderne Hausboote. Auf dem hintersten wohnte der Hauptkommissar. Von hier aus blickt er direkt auf die Trave. Vom Rosenhof zum Skandinavienkai mit seinen großen Fähren und weiter bis zum Fischereihafen. Ein schöner Blick in der ersten Reihe. Gerade startete eine TT-Lines auf dem Weg nach Schweden. Eine Finnlines würde ihr gleich im Anschluss folgen.

Auf dem Steg machte Stina noch keine Bewegung aus. „Ist sicher noch zu früh" dachte sie. Das erste Hausboot scheint zur Zeit nicht vermietet. Ein kleines Schild wies darauf hin: Frei. Sie gluckste. „Wer soll das denn lesen ? Der Zugang ist nicht erlaubt und vom Land ist es nicht zu entziffern."

Stina Wallison stutzte. Am Zugang des Hausbootes befand sich ein großer roter Fleck. Blut. Adrenalin setzte sich frei. Ihre Polizeiinstinkte sprangen schlagartig an.

Frisches Blut. Zudem sah Wallison nun, dass die Tür einen Spalt breit offen stand. Am Boden entdeckte sie eine weitere Blutlache. Instinktiv tastete sie nach ihrer Dienstwaffe.

Nicht dabei!

Sie fluchte still. Mit angespannten Sinnen horchte sie nach verdächtigen Geräuschen. Nichts. Nur das dumpfe wummern der großen Schiffsdiesel und das leise Plätschern der kleinen Wellen an den Pollern. Vorsichtig öffnete sie die Tür. Ein unangenehmer Geruch stieg ihr in die Nase. Säuerlich.

So ein Hausboot ist sehr übersichtlich. Echte Verstecke finden sich nicht wirklich. Schnell realisierte Wallison daher, dass sie alleine an Bord war - bis auf den am Boden liegenden verdrehten Körper. Um den Kopf herum registrierte sie eine weitere Blutlache. Das Gesicht konnte sie nicht erkennen, aber anhand der Figur, Kleidung und des weißen Zopf, rötlichen Zopf korrigierte sie still, musste es sich um ihren Kollegen handeln. Schnell näherte Wallison sich dem Hauptkommissar.

33

Mit rotgerändertern Augen betraten Claus und Dildo die Segelyacht ‚Blue Marlin'. Direkt vor der Überseebrücke.1 lag die 50-Fuss Segelyacht. Der befreundete Eigner hatte beide zum Mitsegeln nach Neustadt und zurück eingeladen. Normalerweise segelt Jürgen mit zahlenden Gästen. Halb- sowie ganztags oder sogar wochenweise sind Segeltörns bei ihm möglich. Heute gab es keine Gäste, aber das Wetter lud zum segeln ein.

„Ups. Euch fehlt wohl ‚ne Mütze voll Schlaf" begrüßte Jürgen die beiden grinsend.

Claus schaute zu dem hochgewachsenen Skipper auf. „Wem sagst Du das. Ich habe mich gestern mal wieder überreden lassen, zusammen mit Dildo ins P2 zu gehen. Das endet immer spät. Seit wir mit York nicht mehr segeln, fällt uns die Decke auf den Kopf. Es wird Zeit, dass wir mit der ‚o.li' wieder rauskommen. Daher freuen wir uns riesig, dass wir heute mit Dir segeln können."

„Gestern Abend war da wieder die Hölle los. Mitten in der Woche. Eine Frau hat gleichzeitig mit drei Typen unterschiedlicher Nationalität angebandelt. Eigentlich schon ein Problem für sich, aber alle waren mit Partner im Schlepptau. Die Stimmung entsprechend aufgeheizt. Die Jungs alle heiß. Ein paar Gläser weiter vögelt die Frau mit einem der Männer auf dem WC – und es war nicht ihr Partner. Der gehörnte sowie der ‚leer' ausgegangene Typ haben dann draußen auf den Stecher gewartet. Da kannst Du Dir in etwa ausmalen, was da abging. Ich glaube, einer davon ist sogar ein Kollege von Stina" lachte Dildo.

„Sodom und Gomorra im beschaulichen Travemünde. Schon immer wieder erstaunlich, wie Alkohol schlechte Eigenschaften herausarbeiten kann. Naja, bei vielen klappt dies auch ohne Alkohol." Jürgen startete die Maschine seiner ‚Blue Marlin'. „Dann lassen wir uns jetzt ein bisschen Wind um die Nase wehen. Das tut allen gut. Claus schmeiße die Vorderleine los. Dildo übernimmt die Spring und ich die Achterleine. Vor der TT-Line kommen wir noch locker raus."

„Ey-ey, Sir" rief Dildo. „Stechen wir in die brüllende See." Er war bester Laune und von Müdigkeit gab es keine Spur mehr.

34

Die Dienstbesprechung begann nun zwei Stunden später. Ein sichtlich angeschlagener Hauptkommissar Doni versuchte dem Thema zu folgen.

Nachdem er gestern Abend im P2 wieder zu viel Alkohol zu sich genommen hatte, geriet er in eine Schlägerei. Eine unbekannte Frau hatte ihn den ganzen Abend angebaggert. Nicht nur ihn. Sein kritischer Pegelstand war schon übertroffen, als er sich zum dritten Mal zum WC bewegte, um Wasser zu lassen. Die Frau fing ihn dort ab. Sie kam sofort zur Sache und öffnete seine Hose. Ehe er sich versah, hielt sie seinen Schwanz in der Hand und besorgte ihm einen Blowjob. In seinem benebelten Zustand ließ er sie gewähren. Im Gegenteil. Doni kam jetzt erst in Wallung und schob ihren Rock hoch. Sie drehte sich um und er drang von hinten in sie ein. Das blieb in der kleine Kneipe nicht unbemerkt. Ab da begann das Theater, was schließlich in einer Schlägerei endete. Entsprechend lädiert sah er nun aus.

Auf dem Heimweg stürzte Doni noch mehrfach. Das verbesserte sein Aussehen auch nicht weiter. Vor dem Hausboot musste er noch einmal aufgeschlagen sein. Im inneren erbrach er sich und fiel danach stumpf um und in einen tiefen Schlaf. So fand ihn seine Kollegin Wallison vor.

Nachdem Wallison sich davon überzeugte, dass die Verletzungen nicht bedrohlich waren, versorgte sie die Wunden. Dabei machte Wallison ihm klar, dass er sich in den nächsten vierundzwanzig Stunden seinem Vorgesetzten erklärt. Nach Ablauf der Frist musste sie eine Meldung machen. Hauptkommissar Rene Doni wurde zu einem unhaltbaren Sicherheitsrisiko.

Nach der Standpauke nickte er müde und versprach es ihr.

35

Bali, Indonesien
Do-17.August-2017

Die Schwägerin von Jens Schröder hatte Mirta gestern
mitgeteilt, dass Jens für ein paar Tage eine Bali Rundreise
durchführt. Das erste mal seit Jahren wieder, wunderte sie
sich. Die genaue Reiseroute kannte sie jedoch nicht.

Deshalb fiel es York nicht schwer, heute eine Rundreise mit
Mirta als Guide zu beginnen. York hoffte insgeheim, auf der
Tour **Ednap Sikul** und /oder Schröder zu begegnen. So
große Ausmaße besaß die Insel nicht.

Am Nachmittag zuvor gönnte York sich in Kuta noch eine
Garra Rufa Pediküre. Hierzu hält man Barfuss seine Beine
bis zum Knie in ein Wasserbecken. Darin befinden sich
locker zweihundert kleine Kangalfische. Diese sind schlank
und nicht größer als drei oder vier Zentimeter. Zu dutzenden
stupsen und saugen die zahnlosen Fische abgestorbene
Hautschüppchen ab. Nach zehn bis zwanzig Minuten fühlt
sich die Haut glatt und samtweich an. Man selbst spürt nur
ein leichtes kribbeln, ähnlich einem sanften Stromimpuls.
Die Entspannung und Frische hält stundenlang an.

Einen Abstecher zum naheliegenden Strand gönnte er sich
auch. Schöne große Wellen rollen dort zum Festland und
brechen erst kurz vor dem weißen Sandstrand. Ideale Sur-
ferwellen. Dennoch machten am diesen Tag die Boardver-
leiher kein gutes Geschäft. Bei näherem Hinsehen erkannte
York, das im Meer Unmengen von tückischen Unrat ange-
schwemmt wurde. Von mittelgroßen Ästen bis zu großen
Holzbohlen. Lebensgefährlich. Irgendwo im Westen musste
es einen starken Sturm gegeben haben und der Wind trieb
nun allen Müll an die Westküste Balis.

„Schade" murmelte er. Gerne hätte er die Gelegenheit zum
Wellenreiten genutzt. Eine halbe Stunde lang beobachtete

York die herannahenden Wellen. Ohne Unterbrechung produzierte das Meer, mit unbändiger Kraft und begleitenden Rauschen, neue, schöne Wellen. Dann riss er sich von dem kraftvollen Anblick los und schlenderte ziellos über den Kuta Art Market zurück zum Hotel.

Aus unerfindlichen Gründen vermochte er keine Telefonverbindung nach Deutschland herstellen.

Schon früh pickte Mirta ihn mit einem kleinen Van am Hotel auf. Zu Yorks Erleichterung erwies sich der Professor als souveräner Autofahrer, indem teils quirligen Verkehr. Das Vehikel der ersten Wahl ist hier immer noch ein Motorroller. Wie Hornissen umschwirren sie die Autos. Gleichzeitiges Überholen von links und rechts sowie auf der eigenen Fahrbahn entgegenkommende, gehört zur ständigen Realität. Mit stoischer Ruhe und ausgeprägter Freundlichkeit, meisterte Mirta jede komplizierte Verkehrssituation. Für York, als an Regeln gewöhnter Europäer, schien es, dass die Balinesen alle die Chaostheorie verstanden und auf der Strasse auslebten. Für ihn ein Phänomen. Beinahe unglaublich, nicht einen einzigen Autounfall nahm er während seiner Zeit auf Bali wahr. Im letzten Jahr in Kenia, sah dies vollkommen anders aus.

Ihr erstes Ziel war der Tanah Lot. „Er wurde von einem Priester aus Java, zu Ehren der Wächter des Meeres gebaut und ist eines der atemberaubenden Bauwerke auf Bali" erzählte Mirta. Der Tanah Lot erfährt durch die exponierte Wasserlage eine mystische Aura. „Der Sonnenuntergang ist hier s-s-t-k" erklärte er. York schaute ihn verständnislos an. „s-s-t-k, sehr spektakulär. Ich liebe Abkürzungen. Zum Beispiel g-g-K." Mirta gluckste. „g-g-K, ganz großes Kino."

Hunderte Menschen bevölkerten bereits das Areal. „Tempelbesucher müssen auf Bali eine Reihe von Regeln beachten. „Wenn eine Frau ihre Periode hat, darf sie keinen Tempel betreten. Das gilt als unrein. Männer und Frauen müssen einen Sarong und einen Selendang um die Hüfte tragen. Ein

Selendang ist eine Kordel. Einheimische Männer setzen sich zusätzlich die traditionelle Kopfbedeckung auf. So wie mein Udong." Nun zeigte er auf seinen Kopf.

„Ich habe aber keinen Sarong und so" entgegnete York.

„Das macht gar nichts. Ich habe welche dabei. Außerdem gibt es an jedem Tempeleingang für wenige Rupiah welche zu leihen oder zu kaufen."

Ihre nächste Station hieß Ubud, das Kunst- und Kulturzentrum Balis. Eine lebendige Stadt, in der schon seit Jahrzehnten Künstler und spirituelle Lehrer leben und arbeiten. Dort gibt es eine Fülle von Galerien und handwerkliche Kunst zu bestaunen. Viele junge Menschen und Esoteriker strömen in diesen Ort. York zeigte sich beeindruckt. Den Affentempel ließen sie bewusst aus. Eine Heerschar von Langschwanzmakaken bevölkert den Affenwald. Sie sind zum Teil sehr aggressiv. Die Nacht verbrachten sie im Ubud Green, einem Hotel zentral in der Stadt.

Vom Ubud Green aus, gelang es York, eine WhatsApp an Stina abzuschicken. In kurzen Worten versuchte er die Informationen vom Vorabend zusammenzufassen. Nach einem Bad in einem der Pools, schlief er sofort ein. Die letzten zwei Tage waren sehr intensiv.

Am anderen Tag fuhren sie schon wieder früh in Richtung Norden zu den Reisterrassen. Die Strecke führte sie immer wieder entlang von Reisfeldern, Vulkanen sowie durch bergige Wälder. Dann eröffnete sich auf rund siebenhundert Metern Höhe, der Blick auf die Himmelstreppen der Götter. Ein Viertel der Fläche Balis ist mit Reis kultiviert, aber die Reisterrassen sind ein hochkomplexes System. Sie erlauben, begünstigt durch den Monsun, drei Ernten pro Jahr. Sie sind als UNESCO Weltkulturerbe gelistet. „Auf Bali ist der Reis natürlich ein Grundnahrungsmittel und wird sogar immer noch als Zahlungsmittel eingesetzt" erzählte Mirta munter. York bekam durch den Professor so viele Informationen, dass er sich zwischendurch Notizen machte, um wenigstens das Wichtigste zu behalten. Sein Fotoapparat hielt die wichtigsten Stationen fest. Er war sich jetzt schon sicher, dass er Bali noch ein drittes Mal, dies mal mit Stina bereisen wird.

In der ehemaligen Hauptstadt Singaraja zeigte ihm Mirja einen Markt, der durchweg von Balinesen besucht wird. Nur eine Europäerin entdeckte York. Dies war ganz nach seinem Geschmack. Versteckt in dunklen Häusern und Gängen, reihte sich ein Verkaufsstand an den nächsten. Freundliche Augen beäugten den hellhaarigen Deutschen. Selten verirrte sich hierher ein Tourist. Mirta bot ihm eine frische Durian zum probieren an. Diese Frucht ist bis zu fünf Kilogramm schwer und von außen mit holzartigen Dornen gespickt. Im Inneren finden sich bis zu sechs eigenständige Kammern, worin wieder bis zu sechs Samensäckchen stecken. "Der Geschmack erinnert mich an eine Kombination aus Lychee. Walnuss und Vanille. Sehr lecker."

„Nicht jeder mag diesen Geschmack und den Geruch. Deshalb ist sie auch als Stinkfrucht bekannt. Die einen hassen und die anderen lieben sie."

Nach über einer Stunde auf dem Markt, führte ihr weiterer Weg an der Nordküste entlang. Zu ihrer rechten lag ein Vulkan. „Im Hintergrund siehst Du den Gunung Batur. Ein aktiver Vulkan, der bisweilen Asche und Feuer speit. Bei der großen Eruption von 1917 wurden 65.000 Häuser zerstört. Tausende Menschen kamen dabei um" erklärte Mirta. „Zweieinhalbtausend Tempel und das komplette Dorf Batur wurden danach auf die andere, die sicherere Seite des Berges verlegt. Dahinter siehst Du schon unseren höchsten Gipfel. Der heilige Berg. Der Gunung Agung ist über dreitausend Meter hoch. Hier ist die hinduistische Gottheit Shiva zuhause und ein Großteil des religiösen Lebens auf Bali richtet sich nach dem Berg aus. An seiner Südwestflanke steht der Pura Besakih, der Muttertempel. Wir können das übermorgen besichtigen."

York blickte den enthusiastischen Professor müde an. Das Programm, was Mirta an den Tag legte, war durchweg spannend, jedoch auch Kräfte zehrend. Für morgen war ein freier Reisetag eingeplant. Zwei Tauchgänge hatte York sich vorgenommen.

„Wir haben es nicht mehr weit. Vielleicht noch fünf Minuten" erläuterte der erstaunlich agile Professor. Nach zwanzig Minuten, Zeit ist hier relativ, stoppte Mirta den Wagen und bog links in einen ungepflasterten Weg. Sie waren da. Alam Anda Ocean Front Resort & Spa, las er. Diving Base Werner Lau.

Dienstbare Geister des Alam Anda umsorgten beide sofort, mit einem kühlen Willkommensdrink. Die kleine, liebevoll gestaltete Anlage und der Ausblick auf das Meer waren fantastisch. Sowohl von der Lobby, als auch aus dem traditionell gestalteten Strandbungalow.

Zum Abendessen gesellte sich die attraktive, deutsche Hotelmanagerin an den Tisch, erzählte vom Leben auf Bali und fragte ebenso nach Geschichten aus der Heimat und von York. Ihr Interesse an York war selbst für Außenstehende regelrecht greifbar. Dieser behandelte sie höflich und ging ansonsten nicht weiter auf Ihre Avancen ein. „... so geht das hier das ganze Jahr. Es kommen neue Gäste, teils gestresst und es reisen Gäste ab – alle zufrieden und tiefenentspannt. Wir haben überwiegend Kunden aus Österreich, der Schweiz, Holland und natürlich aus Deutschland. Manchmal auch Einheimische. Gerade heute ist ein Deutscher, der hier auf Bali lebt, abgereist.

Diese an für sich belanglose Bemerkung ließ York alle Müdigkeit vergessen. Er versuchte sich nichts weiter anmerken zu lassen. Nach fünfzehn Minuten entschuldigte er sich und schob einen WC Besuch vor.

Stattdessen ging er zur Rezeption. Niemand war anwesend. Von den achtundzwanzig Bungalows waren zur Zeit nur neun belegt. York nahm die Gelegenheit wahr und warf einen Blick auf den aufgeschlagenen Belegungsplan. „Vielleicht nur ein Zufall, jedoch einer, der abzuklären ist" ermunterte er sich. Rasch fand sich, was ihm seine Intuition bereits offenbarte.

Der mutmaßliche Mörder Jens Schröder, war hier zwei Tage eingebucht gewesen. So dicht war er ihm plötzlich gekommen. Sollte es zu einer direkten Begegnung kommen, dafür gab es noch keinen Plan. „Eigentlich ist es nun an der Zeit die einheimische Polizei zu informieren" ging es ihm durch den Kopf. „Nur auf welcher Basis sollen Sie Schröder festnehmen?" Seines Wissens gab es noch kein Ersuchen, seitens der deutschen Behörden. So reifte der Entschluss, sich weiter bedeckt zu halten und gegebenenfalls zu improvisieren. Ihm war klar, dass dies ein gefährliches Spiel ist.

Im Laufe des Abends stellte sich heraus, dass Schröder mit zwei seiner Gäste, auf eine der Gili Islands zum Tauchen gereist ist. „Welche genau ist mir nicht bekannt. Woher kennst Du ihn?" hakte die gesprächige Managerin nach.

„Bisher noch nicht, aber wenn sich die Gelegenheit ergibt, dann möchte ich ihn gerne kennen lernen. Schröder ist ein Freund der Familie Mirtas. Vielleicht können wir morgen auch auf die Gilis reisen?" wandte York sich an den Professor. Dieser hob erstaunt seine Augenbrauen.

„Das geht erst wieder am Samstag. Die Passage ist morgen ausgebucht. Du möchtest doch morgen sowieso hier Tauchen" warf die Hotelmanagerin ein. In ihren Augen lag ein leicht enttäuschter Blick. „Ich bin gerne bereit, Dein Buddy zu sein. Die Gilis laufen Dir nicht weg" lächelte sie.

York stimmte ihr stumm zu. Dann schob er hinterher: „So ein Angebot kann ich natürlich nicht ausschlagen. Toll, ich freue mich."

Mirta schaute ihn mit nachdenklichem Blick an

36

Obwohl York nach dem Abendessen ein wenig aufgewühlt war, fiel er schnell in einen tiefen und traumlosen Schlaf. Kurz vor sechs fühlte er sich wunderbar ausgeschlafen und begann im offenen Bad seine Morgentoilette.

Das Rasieren verlangte ihm eine sportliche Leistung ab. Die Badspiegel sind so angebracht, dass Frauen wunderbar ihre Brüste bewundern können. Als Mann muss man eine Kniebeugenposition einnehmen, um sich rasieren zu können. Wenn dieser Umstand der Tatsache geschuldet ist, dass hier die Durchschnittslänge der Einwohner um einiges geringer ist, als in Europa, fragt man sich jedoch, warum fast alle Treppenstufen der Tempelanlagen und in den Parks, für Körperlängen ab einhundertneunzig Zentimetern ausgelegt sind. Diese Stufen sind auf Dauer, dann allenfalls für geübte Bergsteiger zu erklimmen.

Nach dem Frühstück trafen sie sich an der inkludierten Tauchbasis. Das Leihmaterial befand sich in gutem Zustand, sodass der Hausrifftauchgang unmittelbar begann. Während des langsamen Abstiegs auf fünfundzwanzig Meter, des ins unendliche abfallenden Riffs, gab es eine Vielzahl an Korallen und Fischen zu sehen. Neben Schwarmfisch, Blaupunktrochen, Kofferfischen, Flöten- und großen Fledermausfische sowie kleinen Barrakudas, Sepien und auch feingliedrige Garnelen, welche sich in den Weichkorallen verbergen. Durch den schwarzen Vulkansand, erschienen die besonders farbigen Nacktschnecken, in einem intensiven Kontrast. Die Managerin zeigte ihm auf sechzehn Metern voller Stolz, ihr Projekt eines künstlichen Riffaufbaus. Anschließend führte sie ihn zu den Buddha Statuen. Am Ende des Tauchgangs zeigte sie York ihren ,Secret Spot', an dem getarnt, in einer überhängenden Riffkante, eine Lichtblitze produzierende, rote Muschel steckt. Eine Disco Muschel. Mit einer relativ hohen Blitzrate versteht sie es, ihre mächtigen Fressfeinde abzuschrecken.

Nach fünfundsiebzig Minuten erreichten sie wieder die O-
berfläche, direkt am Ausstiegsplatz. „Das war herrlich" bedankte sich York. „Ich freue mich schon auf den zweiten
Tauchgang mit Dir!"

„Ja, ein tolles Tauchrevier. Besonders im Makrobereich ent-
decke ich laufend etwas Neues. Mit Chance sehen wir später
noch einen Riffhai oder Adlerrochen. Die Jungs werden inzwischen die Ausrüstung umbauen. Wir treffen uns dann hier
wieder um elf Uhr dreißig. Dann zeige ich Dir die rechte
Schulter." Gleichzeitig startete ihr Erotik Kopfkino. *„Gerne
zeige ich Dir auch mehr von mir..."*

37

Gili Islands, Lombok, Indonesien
Sa-19.August-2017

Mit „Namaste" begrüßte ihn Mirta am nächsten Morgen,
eine unter Hindus verbreitete Grußgeste. Wörtlich übersetzt
bedeutet es „Verbeugung zu Dir". Bei der Ausführung werden gleichzeitig die Innenhandflächen zusammengeführt, in
Nähe des Herzens an die Brust gelegt sowie der Kopf leicht
gebeugt. York erwiderte die Geste.

„Ich habe nur noch Tickets für die Passage Amed – Gili Air
bekommen. Das ist die am nächsten gelegene zu Lombok.
Weiße Sandstrände, türkisfarbenes Meer und ein tolles
Tauchrevier. Sehr chillig und ruhig. Es wird Dir gefallen"
freute sich Mirta. „Wir fahren etwa eine gute halbe Stunde
mit dem Auto."

Die Hotelmanagerin erschien nicht zum Abschied. Sie war
ein wenig traurig. York hatte ihr abends noch erklärt, dass er
nicht ‚auf dem Markt' sei und selbst nicht für ein Abenteuer

zur Verfügung steht – auch wenn sie durchaus sehr attraktiv auf ihn wirkte. Sie pflichtete ihm bei. Dennoch konnte York ihre Enttäuschung geradezu körperlich spüren. Er besaß die seltene Gabe, gewisse Schwingungen aufzunehmen. Schwingungen, die mit Technologie nicht messbar waren. Meist waren es negative Schwingungen. Bis hin zur Gewissheit, dass eine Person dem Tod geweiht ist, durch eine bisher noch nicht erkannte Krankheit oder sogar einem Unfall. Zum Teil ist dies eine belastende Gabe. Vor allem, wenn er der Person nahe steht. Dieser Fähigkeit bediente sich ein paar Jahre lang, eine streng geheime Organisation der Regierung. Diese Organisation war so Geheim, dass selbst der MAD, BND oder Verfassungsschutz, von der Existenz nichts weiß. Von der Polizei ganz zu schweigen. Dennoch ist diese Organisation mit ungeahnten Mitteln und Befugnissen ausgestattet. Seit acht Jahren hatte York keinen Einsatz mehr, aber er wusste, dass seine ‚Mitgliedschaft' nur ruhte und jederzeit wieder aufleben konnte.

Auf der Fahrt hinterfragte York die Bedeutung des Schildes mit der Aufschrift Hati Hati und das er irritiert sei, von den vielen Hakenkreuzen an Gebäuden, Monumenten und geschmiedeten Toreinfahrten. „In Deutschland ist das Symbol unter Strafe verboten."

„Hati Hati ist ganz einfach ein Warnschild. Es steht in etwa für ‚Achtung' !" lachte der Professor. „Eine Swatiska findet sich in vielen Kulturen. Das Hakenkreuz ist hier auf Bali ein religiöses Glückssymbol. Es steht für Sittlich und Friedlich. Im Hinduismus ist die Swastika das wichtigste Symbol nach dem Om. Sie symbolisiert den ewigen Kreislauf von Geburt und Tod und gilt als Zeichen der Reinkarnation. Wir Hindus leben unseren Glauben und verehren unsere vielen Götter und..." Unvermittelt trat Mirta auf die Bremse.

Ein Motorroller schoss aus einem Seitenweg und reihte sich in den fließenden Verkehr ein. Mirta musste den Roller mehr geahnt haben, als gesehen. Anstatt vielleicht zu fluchen oder dem Rollerfahrer mit einer Handgeste sein gefährliches Manöver begreiflich zu machen, winkte er ihm freundlich zu.

„Ah, Du kennst den Trottel?"

„Wir Hindus fluchen nicht. Wir sind stets freundlich und arbeiten an unserem Karma. Jede physische oder geistige Handlung erzeugt eine Folge. Fluchen erzeugt ein schlechtes Karma" erwiderte er lächelnd.

York schluckte. Allein auf Bali musste er schon eine Menge an schlechtem Karma erzeugt haben. Diese positive Einstellung zum Leben und das friedfertige Miteinander beeindruckte ihn.

Als Mirta wieder zu einer Erklärung ansetzte, wusste er, dass der Professor sein unfangreiches Wissen für ihn öffnete. „Wir leben ganz eng mit unseren Göttern zusammen. Bali nennen wir ‚Pulau Dewata' und bedeutet etwa ‚Insel der Götter'. Unser Leben wird tief vom Hinduismus geprägt. Einer speziellen Form des Hinduismus. Hier findest Du die höchste Tempeldichte der Welt. Man schätzt die Anzahl auf zwanzig bis fünfundzwanzig Tausend. Andere vermuten sogar vierzig Tausend. Der größte ist der Muttertempel Pura Besakih am Fuße des höchsten Berges, dem Gunung Agung. Neben den Göttern gilt der Vulkan Gunung Agung als spiritueller sowie auch als geographischer Mittelpunkt des Weltbildes der Balinesen. Nach diesem Vulkan ist alles auf Bali ausgerichtet, sogar die Betten in den Häusern zeigen mit dem Kopfende zu dem Vulkan."

Mirta musste wieder abrupt die Bremse betätigen. Abermals winkte er dem ‚Chaoten' zu und schenkte ihm ein aufrichtiges Lächeln. „Da muss ich noch jede Menge lernen" dachte York und versuchte sich wieder zu entspannen.

„Der Bali Hinduismus wird auch die Religion des heiligen Wassers genannt" dozierte Mirta unbeirrt weiter. „Für alle Arten von Zeremonien benötigen wir heiliges Wasser. Dies kann nur von Brahmanen, den hinduistischen Oberpriestern, hergestellt werden. Das allerhöchste Wesen auf Bali heißt Sanghyang Widi. Es wird nicht als eine oberste Gottheit angesehen, sondern als Summe aller göttlichen Kräfte. Hierin verschmelzen, sowohl die balinesischen Gottheiten, als auch die vergöttlichten Ahnen und Naturkräfte. Die wichtigste Kraft in unserem Glauben ist Brahman, das allmächtige kosmische Bewusstsein. Ganz ohne jegliche Eigenschaften."

Der Kopf von York begann zu rauchen.

„Wenn sich Brahman manifestiert, wird es zu Ishvara, einem Gott mit einer Form und Eigenschaften, der sich in so gut wie allen Aspekten des manifesten Universums zeigen kann. Die bekanntesten Erscheinungsformen von Ishvara sind Brahma, Vishnu und Shiva. Sie bildet eine Dreieinigkeit. Brahma erschafft unser Universum, Vishnu erhält es und Shiva zerstört bzw. transformiert es, um es vom Bösen zu befreien. Shiva ist dabei wohl der beliebteste Gott der Hindus. Ganesha ist der Elefantenköpfige Sohn von Shiva und seiner Gemahlin Parvati. Somit gibt es drei Gottheiten: Die Schöpfung , Versorgung und Vernichtung Über allem steht jedoch Sanghyang Widi, die Summe der göttlichen Kraft."

Der Professor nahm einen Schluck Wasser zu sich. „Eigentlich nicht schwierig, aber ich gebe zu, ich lebe damit schon achtundvierzig Jahre und sicher ein paar Leben vorher auch schon" schmunzelte er.

„Von besonderer Wichtigkeit ist neben der ‚Götter-Dreiheit' auch die ‚Tempel-Dreiheit'. So hat jedes Dorf drei Tempel, die jeweils einem der Gottheiten gewidmet sind und Lebensmittelpunkt für uns Balinesen ist: Der Pura Puseh, der Ursprungtempel, für Brahma den Schöpfer. Der Pura Desa, der Tempel der Ratsversammlung, der Vishnu, dem Erhalter gilt sowie der Pura Dalem, der Todestempel, der Shiva, dem Zerstörter gewidmet ist. Jeden Morgen huldigen wir einer ganzen Anzahl von Göttern und opfern ihnen, in einem Banananenblattschächtelchen Reis, Tee und Räucherstäbchen. Ebenso gedenken wir unseren Ahnen. Wir müssen die Balance zwischen den dämonischen und den göttlichen Kräften respektieren und wahren. Der Geist eines verstorbenen Ahnen lebt mit uns, wie ein Familienmitglied. So verbleibt jeder in enger Verbindung mit seiner Verwandtschaft, auch über den Tod hinaus. Wir behandeln unsere Verstorbenen mit großem Respekt. Ereignen sich Schicksalsschläge in unserem Leben, kann das an einem unglücklichen Ahnen liegen, der unsere Aufmerksamkeit benötigt. Mit unseren symbolischen Opfergaben, versuchen wir seinen Geist friedlich zu stimmen."

„Ehrlich gesagt, ich bin verwirrt bei so vielen Göttern, mein lieber Mirta. „Mir raucht der Kopf bei den vielen Informationen." York fragte ihn dennoch nach der Bedeutung, der vielen kleineren Schreine, die er in den vielen Tempeln gesehen hatte.

„Das sind die Merus. Sie sind Familien, Organisationen oder Naturgeistern gewidmet" entgegnet er. „Außerdem hat jede Familie noch einen Haustempel. Jetzt verstehst Du, warum wir auf Bali zigtausend Tempel haben. Wir glauben an das Übernatürliche, was zum Beispiel in den Steinen, Quellen, Seen, Vögeln, Blumen, im Wind und Meer zu finden ist. Kein Haus kann demnach gebaut werden, ohne vorher untersucht zu haben, ob an dem Ort Geister hausen, die man dadurch verletzen könnte. Kein Baum wird gefällt, ohne dass man ihn vorher um Entschuldigung bittet. Frauen legen zudem fünf Mal am Tag Opferschälchen an den Orten nieder, in denen göttliche Kräfte vermutet werden." Der Professor bremste diesmal sanft ab. „Amed. Der Transferhafen. Wir sind da."

Mit einem Speedboot ging es innerhalb sechzig Minuten nach Gili Trawangan, der größten der drei Gilis. Dort wurden ein paar Urlauber von Bord gelassen. Kurze Zeit später brauste das Boot an Gili Meno vorbei auf Gili Air zu. Alle drei Inseln sind Autofrei. Vom Gili Air Hafen ging es daher mit einer kleinen Pferdekutsche zum Sunrise Resort.

An der Rezeption erkannte eine Mitarbeiterin York wieder. Nun war es raus. Er blickte zum Professor. „Schlechtes Karma" schoss es ihm durch den Kopf.

„Du wirst schon Deine Gründe haben" erklang Mirtas sanfte Stimme. „Ich habe schon seit längerem das Gefühl, dass Du nicht das erste Mal auf Bali weilst. Dein Interesse an Jens Schröder geht ebenfalls über das normale Maß hinaus. Bist Du ein Polizist oder etwas ähnliches ? Habe ich Recht ?"

„Ich muss mich bei Dir aufrichtig entschuldigen, aber ich musste sicher gehen, wie Du zu Schröder stehst. Nein, ich bin kein Polizist und auch kein Detektiv oder so. Mein Hauptgrund für meine Anwesenheit auf Bali ist tatsächlich geschäftlicher Natur." Er legte eine kleine Kunstpause ein. „Lasse uns an die Strand Bar gehen. Dort gibt es geeistes Bintang."

Das Gepäck stellten sie im zweistöckigen Bungalow ab. Auspacken konnten sie später. Die Strand Bar ist gleich vis-a-vis. Auch dort erkannte ihn eine Servicekraft wieder sowie ein Tauchlehrer. Er wusste sogar noch seinen Namen. „Hi York. Are you back on Gilis ? Great ! Do you want dive together, next days ?" Sein Englisch hat einen französischen Slang. Mehdi kommt aus Paris. Wir verabredeten uns für morgen, um vor Gili Meno am Secret Garden, mit großen Schildkröten zu tauchen. Ebenso hofften wir, Riesenkraken zu entdecken.

Mit den großen geeisten Biergläsern, stießen Mirta und York an. „Danke Mirta, dass Du mir Deine Zeit geschenkt hast. Ich bin Dir natürliche eine Erklärung schuldig. Du wirst sehen, ich musste so handeln. Ich fange am besten ganz von vorne an. Es beginnt mit zwei Mordfällen in Travemünde. Dort, wo ich meinen derzeitigen Lebensmittelpunkt habe. Meine Lebenspartnerin ist dort Kommissarin, bei der Wasserschutzpolizei und..."

Erst nach neunzig Minuten und zwei weiterer Bintang kam York zum Ende. Der Professor unterbrach ihn kein einziges Mal. Ab und an ließ er sich zu einem ‚oh' verleiten. Je länger die Geschichte dauerte, umso ernster blickten seine Augen.

„Das ist ja eine schlimme Geschichte. So etwas hätte ich Jens nie zugetraut. Er ist zwar kein Hindu, aber er hat viele traditionelle Lebensweisen angenommen. Konvertiert ist Jens jedoch nie. Seine Ehefrau war kurz davor zum Christentum zu konvertieren. Am Ende war sie innerlich hin und her gerissen. Wir Balinesen glauben an die Reinkarnation. Natürlich ist die Familie traurig, wenn ein Angehöriger stirbt. Doch meist hält die Traurigkeit nur ein paar Tage an. Hiernach macht sie der Zuversicht Platz, dass der Tote schon auf dem Weg in ein neues Leben ist. Wir glauben an die Wiedergeburt in eine andere Existenz. Das kann als Mensch oder Tier sein. So ist es möglich, dass die Familie entspannt der Verbrennung beiwohnt. Balinesische Bestattungsfeiern sind keine Trauer-, sondern Freudenfeste. Dort wird die Befreiung der Seele vom Körper gefeiert. Der Tote wird zuerst gewaschen, darauf neu eingekleidet. Im Haus der Familie wird er dann für die Familie und Freunde aufgebahrt so dass jeder Abschied nehmen kann. Meistens kann der Tote aber nicht unmittelbar verbrannt werden, denn den Familien fehlt oft das Geld. Darum wird er vorübergehend begraben und mitunter, sobald genug Geld da ist, zusammen mit anderen Familienmitgliedern verbrannt. Natürlich wird ein astrologisch günstiger Tag bestimmt. Damit die Seele nicht mehr zurückfinden kann, wird vom Haus des Verstorbenen ein Zickzackkurs zum Friedhof gewählt. Das ganze wird mit viel Lärm veranstaltet. In einer Prozession wird die Asche danach zum Meer gebracht und dort verstreut. Somit kann die Seele, vom Körper befreit zum Himmel aufsteigen. Jens hat seine Tochter Anna nach christlichen Riten bestattet. Seine Frau kam über diesen Verlust nie hinweg und beging zwei Jahre nach dem Tod der Tochter Suizid."

„Eine Tragödie" pflichtete York ihm bei. „Der Mord an der Tochter aus niederen Motiven und dann die Vergeltung. Ich möchte da kein Richter sein, aber Mord bleibt eben Mord, Mirta."

„Ja, sicher. Da hast Du Recht. So lange es kein ordentliches Rechtsgesuchen der deutschen Behörden gibt, wird es sehr schwierig sein, Jens zu belangen bzw. ihn von unseren Behörden zu inhaftieren."

„So weit ist es ja noch gar nicht. Ich habe die Informationen nach Deutschland weitergegeben. Sollen die sich damit nun herumschlagen. Ich oder wir können nicht deren Arbeit machen. Schließlich möchte ich hier ein Geschäft mit einem Freund abschließen und nebenbei Urlaub machen."

„Wir sollten uns ablenken. Was hältst Du von einer Portion ‚Magic Mushroams' zum Sonnenuntergang?" wollte der Professor wissen. „Die gibt es hier ganz legal in der nächsten Lounge Bar. Eine tolle Erfahrung."

„Danke nein. Bis hin und wieder ein paar Schlückchen Alkohol, entsage ich konsequent allen Drogen! Ich werde stattdessen zum Yoga ins H2O Center radeln. Wir sehen uns morgen zum Frühstück" verabschiedete sich York.

Ein Rad bekam er an der Rezeption, sodass das Yoga Center in wenigen Minuten erreicht war. Obwohl der zu drei Seiten offene Yogaraum gut besucht war, herrschte absolute Ruhe.

Ein großer Gong wurde geschlagen.

38

Travemünde, Schleswig-Holstein
Sa-19.August-2017

Die Informationen aus Bali schlugen ein, wie eine Bombe. Die Staatsanwaltschaft mühte sich, einen Haftbefehl zu konstruieren, der national wie auch international bestehen kann.

Das Problem war, dass die Informationen nicht aus fundierter Polizeiarbeit stammte, sondern von einem Zivilisten. So mussten alle Angaben noch einmal auf ihre Relevanz überprüft werden. Die noch junge Polizeimeisterin Christiane

Caro fluchte. „Da bekommen wir den Täter auf einem silbernen Tablett serviert und wir können nicht aktiv werden. Bis wir alles überprüft haben, ist der doch längst über alle Berge oder er mordet weiter. Unsere Bürokratie benötigt schon viel Zeit, aber dort? Das kann Wochen dauern.

„Polizeiarbeit ist oft eine Geduldsfrage, Christiane. Da musst Du gelassener werden. Es nutzt nichts, wenn wir da mit heißer Nadel stricken und uns der Fall um die Ohren fliegt. Ich bin da sehr optimistisch. Wir wissen nun um die Zielperson. Jetzt heißt es, die Daten juristisch aufzuarbeiten. Auf Dauer wird er sich einem Zugriff nicht entziehen können. Eine neue, wasserdichte Identität aufzubauen, braucht sehr gute Verbindungen. Nicht unmöglich, aber wieso hat er sich die nicht schon im Vorfeld geschaffen. Jens Schröder ist immer unter seinem Klarnamen aufgetreten und gereist. Ich vermute, anhand dessen was wir wissen, dass er es bewusst in Kauf genommen hat, aufgespürt zu werden. Sein Ziel war einzig die Eliminierung der Mörder seiner Tochter. Das hat er zu Ende gebracht. Es ging ihm allein um Rache. Um Vergeltung. Andere Personen stehen nicht im Fokus. Er wird nicht weiter morden."

39

In Travemünde herrschte um diese Zeit noch Hochsaison. Die Ferien in den Bundesländer wie Hamburg, Mecklenburg-Vorpommern oder Nordrhein-Westfalen dauerten noch an. Zusätzlich spülte das gute Wochenendwetter tausende Kurzzeitbesucher in den Ort. Die Cafes und Restaurants waren nachmittags wieder entsprechend gut besucht und Autofans kamen auf der Beetle Sunshine Tour auf ihre Kosten. Rund 600 VW Beetle und Käfer konnten im Brügmanngarten bestaunt werden. Die schönsten und ausgefallenen Exemplare kürt eine Jury. Ein buntes Spektakel.

Um sechzehn Uhr trafen der XO, Dildo und Gib beim Barista Gusto Joda ein. Ihr Timing passte, denn gerade wurden drei Plätze auf der Außenbank frei. „Ihr habt aber ein Glück" begrüßte sie Helge, ein Stammgast. „Die Plätze sind heute heiß begehrt."

„Na prima" freute sich Gib. „Dann stecke ich mir gleich mal eine Pipe an."

"Ihr wart sicher segeln ?" erkundigte sich Helge.

„Nur Gib und der XO" beantwortete Dildo die Frage. „Ich habe mir die Autos angesehen. Mir liegt doch das Benzin im Blut. Da sind tolle Kisten dabei. Okay, für mich als Rennfahrer ein bisschen lahm, aber die liebevollen Detailarbeiten einzelner Fahrzeuge ist bemerkenswert."

„Draußen hat es auch anständig gepustet. Wir haben wieder einmal tolle Bedingungen gehabt, sowohl vom Wind, aber auch für das Auge. Magst Du nicht einmal mit uns mitsegeln, Helge ?" Gib sog an seiner Pfeife. Ein angenehmes, süßliches Aroma verbreitete sich in der Luft.

„Da machst Du mir keine Freude mit. Die dreimal, wo ich auf See war, ist mir das schlecht bekommen. Ich werde immer sofort seekrank und füttere sämtliche Fische im Meer. Da habt Ihr auch keine Freude dran" wehrte Helge ab.

„Solange Du nach Lee spuckst, geht das schon in Ordnung" merkte Gib trocken an.

„Gib und Dildo das Bier, Claus einen viertel Verdejo. Der Flammkuchen braucht noch ein wenig." Claas stellte die Getränke auf dem Tisch ab. „Übrigens Claus, ich habe einen ausgezeichneten Bacchus von meinem Winzer neu im Programm. Das ist eine Züchtung aus Silvaner und Riesling. Möchtest Du den einmal probieren ?"

„Danke Claas. Gerne ein anderes Mal."

„Wo ist eigentlich York ? Den habe ich schon länger nicht mehr gesehen. Er ist doch nicht schon wieder im Krankenhaus, hoffe ich."

„Der hat es gut. York ist schon bald eine Woche auf Bali. Geschäftlich" fügte Claus gleich an.

„Tzzz, ich mache mir Gedanken, wie es ihm weiter ergangen ist und der Mann weilt schon im Paradies bei den Göttern" wunderte sich Claas. „Solche Geschäftsreisen lasse ich mir auch gefallen. Ob ich bei ihm anfangen kann ?"

„Da gibt es im Restaurant legal ‚Magic Mushrooms' zu bestellen. Unglaublich. Hier wirst Du strafrechtlich belangt, wenn Du die Zauberpilze im Besitz hältst, und da bestellst Du sie ganz normal im Restaurant. So mal eben als Beilage" lachte Dildo. „Sie stehen auf der Speisekarte. Ich habe die vor Jahren in Thailand probiert. Da ging aber die Luzie ab."

„So ganz ohne sind die nicht, Dildo. Soweit ich weiß ähneln sie dem LSD. Es macht wohl nicht abhängig, birgt jedoch eine Reihe anderer Gefahren. Besser die Hände oder in diesem Fall den Mund davon weg" steuerte Claus bei. „Pilze sind übrigens ein unterschätztes Phänomen. Sie üben quasi eine Weltherrschaft aus. Pilze gibt es überall. Auf und in Lebewesen. In Räumen, mal über, mal unter der Erde. Wir begegnen ihnen auf Schritt und Tritt. Mal harmlos, mal hilfreich, aber auch gefährlich für den Menschen. Der größte jemals entdeckte Pilz ist ein Hallimasch. Der wurde vor siebzehn Jahren im US Bundesstaat Oregon entdeckt. Der Pilz an sich, nicht der oberirdische Fruchtkörper, wiegt sechshundert Tonnen. So viel wie vier Blauwalweibchen, dem derzeit schwersten Säugetier der Erde. Der Pilz nimmt eine geschätzte Fläche von über achthundertachtzig Hektar ein. Das entspricht über eintausendzweihundert Fußballfeldern ! Angeblich ist der 2.400 Jahre alt. Da staunt ihr was ?" Claus blickte in die Runde. Alle nickten.

„Das habe ich mir natürlich nicht selbst ausgedacht. Ich zitiere den slowakischen Zoo- und Meeresbiologen Robert Hofrichter. Der hat darüber ein bemerkenswertes Buch geschrieben. Kann ich nur empfehlen. Zum Beispiel kann ein Kubikzentimeter Erdboden bis zu zwanzig Kilometer hauchdünner Pilzfäden enthalten. Selbst Verkehrsplaner machen sich Pilze, in diesem Fall Schleimpilze, zu nutze, um optimale Wegepläne zu erstellen. Innerhalb achtundvierzig Stunden, können die Pilzfäden, den kürzesten Weg zwischen zwei Punkten finden und zusätzlich Querverbindungen zwischen den Hauptsträngen erschaffen, damit im Krisenfall nicht alles zusammenbricht. Das britische Bahnnetz ist mit Hilfe des Pilzes nachgebaut worden." Gespannt hörten seine Freunde den weiteren Ausführungen zu. „Pilze sind interessanterweise kein Gemüse, da sie keine Pflanzen sind. Ein Tier natürlich auch nicht, obwohl sie näher mit den Tieren, als mit den Pflanzen verwandt sind. Mittlerweile haben sie ihr eigenes Reich in der Organismenwelt erhalten. Wunderwelt Natur."

„Es ist auch ein Wunder, dass ich noch nicht zusammen gebrochen bin" meldete sich Gib. Der Flammkuchen als Vorspeise geht in Ordnung. Jetzt brauche ich ein Stück guten Fisch. Wer kommt mit ins Fisch Hus ? Ich verzehre mich nach dem Mixed Teller."

„Auja, da bin ich auf jeden Fall mit dabei." Der XO schnalzte mit der Zunge. „Ich muss aber die Seniorenportion wählen. Schließlich ist Badesaison und am Strand möchte ich eine gute Figur abgeben."

„Ich fange damit schon gleich an" erteilte Dildo dem Essen eine Absage. „Ich habe abends 'ne scharfe Braut am Start. Außerdem besitze ich Kinokarten für *Guardians of the Galaxy Vol. 2*, heute Abend am Strand. Sorry !"

Eine laute Fahrradklingel ertönte. Claus zuckte zusammen. Im letzten Moment hielt Gib den XO an der Schulter fest. „Vorsichtig !" Abgelenkt in Gedanken wollte Claus die zehn Meter zum Fisch Hus zurücklegen. Dabei vergaß er, dass von diesen zehn Metern, vier Meter Straße sind. Ein eBike-fahrer mit schwarzer Skibrille und gelben Helm auf dem Kopf, konnte nur knapp ausweichen. Immer wieder übersehen die Spaziergänger, dass die Vorderreihe eine Straße und keine Fußgängerzone ist. So auch der XO. „Das war knapp." Gib tätschelte die Schuler von ihm. „Auf den Schreck nehmen wir erst einmal einen Fischergeist vorweg. Das wirkt auch appetitanregend."

Der XO nickte zustimmend.

40

Gili Islands, Lombok, Indonesien
So-20.August-2017

„W-F-E-W-M." Mirta lächelte dabei vor sich hin. „Was für ein wunderschöner Morgen. W-F-E-W-M. Verstehst Du ?" rief er freudig. „A-k-P." Die nächste Abkürzung. Wie ein kleines Kind begeisterte er sich für Abkürzungen. „Alles kein Problem."

York unterdrückte ein Gähnen. Er mochte diese kauzige Art von ihm. Die Nacht war recht kurz, da er bald zwei Stunden mit Stina über Skype gesprochen hatte. Natürlich sprachen sie auch über Jens Schröder. In Lübeck arbeiteten ihre Kollegen mit Hochdruck daran, dass sie einen juristisch einwandfreien internationalen Haftbefehl, samt Auslieferungsersuchen erwirken konnten. Noch sind sie nicht so weit, erklärte ihm Stina. Sie rechnete erst in drei bis vier Tagen mit dem Durchbruch.

„Wie war Dein Joghurt, ähem **Yoga ?**" scherzte Mirta.

„Oh, ganz entspannt. Es waren allerdings nur Europäer

anwesend." Mit einem Messer trennte er Melonenfleisch von der festen Schale. „Mmmmh, köstlich. Frische Früchte zum Frühstück. Und dann dieser Blick auf das türkisfarbene Meer. Ich denke, neben Travemünde könnte ich es hier auch lange aushalten. Hier sind die Temperaturen etwas angenehmer und die Unterwasserwelt sucht ihresgleichen."

Einen Moment später erschien Mehdi, der Tauchguide, zum Frühstück. „Alles prima?" erkundigte er sich. Heute geht es zum Turtle zählen und für morgen habe ich einen genialen Tauchspot für Dich, my friend." Fragend schaute York ihn an. „Ich weiß, dass Du morgen schon weiter willst, aber wir kombinieren den Tauchgang. Du nimmst Dein Gepäck einfach mit und wir setzen Dich auf dem Rückweg in Padang Bai ab. Von dort mit dem Taxi nach Kuta ist es nicht weit."

„Von welchem Tauchspot redest Du?"

„Nusa Penida. Eine Insel im Südosten Balis. Unser Mantapoint. Beinahe mit Manta Garantie. Ein bisschen ‚Tricki', aber ein sensationeller Spot. Die neunzig Minuten Fahrt mit dem Speedboot musst Du sowieso machen. Wir machen nur einen kleinen Schlenker nach Osten. Kaum der Rede wert. Was meinst Du?" Mehdis Augen leuchteten.

„Perfekt. Wie könnte ich ablehnen. Mantas! Super, dass Du das organisierst. Ich hoffe, Du bleibst noch die nächsten Monate hier. Ich möchte hier gerne noch einmal mit Stina tauchen und ihr die Schönheiten der Gilis sowie Balis zeigen. Da möchte ich auf Dein tolles Guiding zurückgreifen."

„Kein Problem. Ich weiß im Moment absolut keinen Grund, der mich jemals wieder von hier fortbringen sollte. York, ich bin in meinem Paradies!"

York sah in seine Augen. Tiefe Zufriedenheit signalisierten sie. „Warum ist es nicht jedem Menschen vergönnt, diese Form des Seelenfrieden zu erlangen?" Er dachte an die vielen Menschen, die einem ewigen Traum erfolglos hinterherjagen. Aus den verschiedensten Gründen. York empfand tiefe

140

Dankbarkeit für sein Leben.

Mehdi hatte seine Mitte gefunden.

41

Nusa Penida, Bali, Indonesien
Mo-21.August-2017

Während der beiden Tauchgänge vor Gili Meno entdeckte
Mehdi mit geübten Auge, immer wieder Lebewesen, die
York glatt übersehen hätte. Zu perfekt war die Anpassung an
ihren Lebensraum. Teils machte Mehdi ihn auf etwas aufmerksam und zeigte auf ein, maximal einen Quadratmeter
kleines Areal. Erst durch die Zuhilfenahme eines Zeige-
stocks, ähnlich einer Radioantenne, konnte er erkennen, was
er niemals entdeckt hätte. Die Unterwasserwelt überraschte
immer wieder. Einmal zeigte er einen Geisterpfeifenfisch
oder einen perfekt getarnter Skorpionfisch, dann wieder ein
kleine Seepferdchen oder Garnelen.

Mittlerweile flogen sie mit einem fünfundzwanzig Meter langen Speedboot quasi über die Bali See. Die insgesamt acht,
jeweils 250 PS starken Suzuki Motoren, beschleunigten das
Aluminiumboot auf vierzig Knoten. Bei einer drei Meter hohen Dünungswelle und Windstärke sechs plus. Der Kapitän
musste alle drei bis fünf Minuten vom Gas gehen, da sich das
Boot in der Dünung gefährlich aufschaukelte. Zudem knallte
unaufhörlich jede Minute eine heftige Wasserdusche über
das offene Oberdeck. Schon nach der ersten Dusche waren
alle Passagiere klitschnass. Bei den ersten drei Wuschen
lachten noch alle Gäste des Oberdecks. Mit jeder weiteren
Minute dieser harten Überfahrt, versuchten die ersten Pas-

sagiere, das klimatisierte Unterdeck zu erreichen. Dies gelang nur unter schwierigsten Bedingungen. Das Boot warf sich bei voller Geschwindigkeit, dem aufgewühltem Meer entgegen. Zum Teil robbten die Menschen dem Salon entgegen. Die schnellsten benötigten nur zwei Minuten, die langsamsten fünfzehn Minuten, für die zwölf Meter Distanz. Das entspricht rund zwanzig Stunden auf einen Kilometer. Super slowmotion, um die Filmsprache zu strapazieren.

„Sorry, ich bin gar nicht für die Seefahrt gemacht" verabschiedete sich, als einer der Ersten, ein kreidebleicher Professor Mirta, in den Schiffsbauch. Seit er sich auf dem Schiff befand, wechselte seine Gesichtfarbe zwischen weiß und grün. Von den einhundertzwanzig Passagieren harrten allein Mehdi, York und ein weiterer Passagier auf dem Oberdeck aus. Sie erfreuten sich an der Naturgewalt. Mehdi und York saßen ganz hinten zusammen auf einer Bank. Vier Reihen vor ihnen saß der einzig verbliebene, weitere Passagier. Einsam. Alle drei waren triefend nass. York registrierte, dass der Mann vor ihnen, ziemlich muskelbepackt war. Ein durchtrainierter Sportler. Ein seltsames Kribbeln überkam York. Zeitgleich rieb er sich seine Narbe im Gesicht. „Wenn der XO nun anwesend wäre, würde er sicher Unheil wittern" amüsierte er sich im Stillen. Weitere Gedanken konnte er sich nicht machen. Mehdi lenkte ihn ab.

„Nur noch fünfzig Minuten" rief Mehdi ihm laut zu und versuchte die Windgeräusche zu übertönen. „Dann setzen wir auf ein anderes Boot über. Es steigen noch zwei weitere Passagiere mit um. Und zwei sind schon an Bord. Dann sind wir insgesamt sechs Taucher. Der Professor fährt ja weiter, wenn ich es richtig verstanden habe."

„Ja, der Arme. Für das Meer ist der leider nicht gemacht. Ich finde ihn sehr sympathisch und anregend. Auf den Tauchgang freue ich mich schon riesig. Hoffentlich sehen wir meine friedlichen Favoriten. Mantas sind einfach eine mystische Erscheinung."

Wie geplant stiegen Sie auf der offenen See um. Vom Professor verabschiedete sich York vorher kurz unter Deck. Er war immer noch ganz angeschlagen und brauchte unbedingt wieder festen Boden unter seinen Füßen. Nur noch zwanzig Minuten standen ihm bevor. Für den Professor gefühlt eine halbe Ewigkeit. Ohne einen weiteren Termin auszumachen, versprachen sie sich, in Kontakt zu bleiben.

Nachdem der Professor einen erschöpften Blick durch das Bullauge auf das abfahrende Tauchboot geworfen hatte, schoss Adrenalin durch seinen Körper. Auf dem Tauchboot hatte er neben York und Mehdi, ein weiteres, ihm gut bekanntes Gesicht ausgemacht. Sofort nahm er mit zittrigen Händen sein Handy und wählte Yorks Nummer.

Kein Netz ! Professor Mirta fluchte ! Das erste Mal seit Jahrzehnten.

Zu Yorks großer Überraschung befand sich der befreundete Künstler und zukünftiger Geschäftspartner Ednap Sikul, an Bord des Tauchbootes. Sie begrüßten sich herzlich. „Aber sage mal, mir wurde gesagt, dass Du Deine schwerkranke Mutter besuchst und pflegst. Wie geht es Ihr ?" erkundigte sich York aufrichtig besorgt, obwohl ihn bereits eine unklare Ahnung beschlich.

Ednap grinste schief. „Entschuldige bitte, mein lieber Freund. Wenn ich in einem Tief stecke, dann verschwinde ich für ein paar Tage ‚zu meiner Mutter'. So die offizielle Legende. Inoffiziell bedeutet dies, ich mache ein ‚Reset' und bin meistens unter Wasser. Das brauche ich, um nicht durchzudrehen." Er zuckte leicht mit den Schultern. "Meine Mutter ist leider schon vor Jahren verstorben."

„Oh ja, das kann ich verstehen" lachte York. „Jetzt komme ich auch noch Deinem Geheimnis auf die Spur, woher Du Deine tollen Inspirationen nimmst" foppte er ihn. „Da freue ich mich, dass ich dabei sein darf."

„Nusa Penida ist ein spiritueller, ein magischer Ort. Es wird Dir gefallen. Ich bin schon häufig dagewesen."

Die anderen Taucher an Bord begrüßten sich nun und stellten sich kurz mit Namen vor. York überraschte es wenig, den muskulösen und sonnengebräunten Typen vom Oberdeck mit an Bord zu haben. An seiner Seite saß ein Australier aus Cairns. Beide machten einen sympathischen Eindruck. Der Australier stellte sich mit Bob vor.

Der sonnengebräunte Mann hörte auf den Namen Jens und besaß einen deutlichen, deutschen Akzent. Die Narbe von York juckte zu diesem Zeitpunkt schon wieder leicht.

„Du suchst mich schon seit ein paar Tagen, habe ich gehört" sagte Jens merkwürdig ruhig auf Deutsch, sodass die anderen dem Gespräch nicht folgen konnten.

Irgendwie überraschte dies York ebenfalls nicht. Bali ist für Insider nicht groß und überschaubar. Bevor York antwortete, schaute er Jens länger in die Augen. Er vermochte keine Aggressionen erkennen. Freundlich und eher belustigt erwiderte Jens seinen Blick.

„Vielleicht sollten wir uns einmal unterhalten" schlug York vor. „Ich vermute, dass uns der Gesprächsstoff nicht so schnell ausgeht."

„Vielleicht. Vielleicht auch nicht" entgegnete Jens zurückhaltend. „Ganz sicher, sollten wir erst einmal tauchen gehen." Inzwischen erreichten Sie den Tauchspot. Eine kleine felsige Bucht.

Eine ordentliche Dünung schwappte gegen die steile Felsküste Nusa Penidas. Tiefblaue Wassermassen drückten mit ungebändigter Kraft hinein, zersprudelten in weiße Gischt und suchten wieder einen Weg hinaus. Unzweifelhaft, hier herrscht eine starke Unterwasserströmung. Ein anspruchsvoller Tauchplatz. Das karge Felsgestein stürzt steil, aus über einhundert Metern hinab, ins aufgewühlte Meer. An der Wasserkante erwachsen grüne Büsche. Ein grandioses Farbenspiel.

Von der Wasseroberfläche aus wirkte die Szene noch gewaltiger. Mehdi gab das Zeichen zum abtauchen. Vor ihnen tauchte Ednap mit seinem Buddy ab. Jens und Bob tauchten hinter York in die Tiefe. York behielt Jens mit im Fokus. Hier gab es ohnehin schon genug Gefahrenpotential. Mit Jens im Nacken reduzierte sich das nicht. Das tosende Meer verstummte augenblicklich. Unter Wasser herrschte Stille, bis auf die blubbernden Geräusche der Atemregler von Scubapro. Die Sicht betrug kaum mehr als zehn Meter. Nicht eben gut. Die schwere Dünung wirbelte erhebliche Mengen an Bodensedimente auf. Auf zwanzig Metern Tiefe bewegten sich die Taucher im Rhythmus der Dünung. Das ein oder andere Plastiktütenteil gaukelte in der Distanz einen Fisch vor. „Gespenstisch" dachte York.

Im nächsten Moment verhakte sich eine Schlaufe seines Tarierjacket in einem Ankerseil. Aufgrund der schlechten Sicht war es nicht rechtzeitig zu erkennen. Sein Buddy, der Guide Mehdi, bemerkte es nicht. Sie hatten gerade zu vor ein ‚ALLES OK' ausgetauscht. Ihm blieb keine Wahl. Er musste sich von seinem Jacket trennen und dann versuchen, das Problem zu lösen. Eine Routineübung während der Ausbildung. Hier nicht ohne. Aus dem Jacket hatte York sich bereits zur Hälfte herausgeschält. Eine Position, in der er sich ganz auf die Aktion konzentrieren musste. Aus den Augenwinkeln sah er Jens auf sich zu tauchen. Er hielt ein Messer in den Händen.

Durch ihre Masken blickten sie sich eine Sekunde lang in die Augen. Dann zuckte die Messerhand von Jens entschlossen vor. Die scharfe Messerklinge verfehlte seine Schulter und seinen Inflatorschlauch, die lebenswichtige Sauerstoffversorgung, nur knapp.

Mit einem Ruck löste sich die Spannung zwischen Jacket und Ankerseil. Jens Schröder hatte die Schlaufe mit einem Schnitt abgetrennt. Er formte das OK Zeichen und setzte seinen Tauchgang fort. York fixierte das Jacket wieder am Körper und tauchte hinter Mehdi her. Niemand sonst bemerkte diesen kleinen Zwischenfall.

Nach fünfundfünfzig Minuten fanden sich alle sechs Taucher zum fünf Meter Dekostop zusammen. Die Dünung wiegte sie drei Minuten im Zeitlupentempo hin und her. Jeder hing seinen eigenen Gedanken nach. Mehdi erzeugte während dessen sogenannte Delphinringe. Mantas hatte niemand gesehen, dafür ein paar Stachel- und Blaupunktrochen sowie jede Menge Schwarmfisch.

Zurück an der Wasseroberfläche empfing sie wieder das Donnern der brechenden Wellen, Sonnenschein und eine steife Brise. Auch wenn niemand einen Manta zu Gesicht bekam, waren sich alle einig. Nusa Penida ist ein abenteuerlicher Tauchspot. An ruhigeren Tagen sicher ein idealer Platz für Manta spotting. Auf dem Deck des Tauchbootes ging York gleich zu Jens hinüber und bedankte sich. „Dafür doch nicht" antwortete er knapp und lächelte freundlich.

Auf der Rückfahrt erzählte Jens ihm die ganze Tragödie, die langjährige Pein und schwierige Suche nach den Mördern seiner Tochter Anna. „Ein vollkommen sinnloser Mord. Ich fühle mich nun befreit. Eine Last ist von meinen Schultern gefallen." Er stockte kurz. „Ich werde mit Dir nach Lübeck fliegen und mich stellen. Es gibt hier auf Erden keinen Richter für mich. Gestorben bin ich schon vor Jahren.

Das Tauchboot erreichte Padangbai.

42

Travemünde, Schleswig-Holstein
Fr-25.August-2017

„Kommt ein Typ kommt in eine volle Bäckerei und sagt: „Entschuldigung ist das hier das Ende der Schlange ?" „Nee,

wir stehen alle verkehrt herum. Du bist dran !" Dildo feixte und alle anderen lachten schallend.

York hatte nach seiner Rückkehr von Bali zum Tomahawk Steak Essen in das Marina Restaurant an der Überseebrücke.1 eingeladen. Es gab natürlich jede Menge zu erzählen. Jens Schröder hatte sein Versprechen wahr gemacht und stellte sich den deutschen Behörden, obwohl es ihm sicher leicht gefallen wäre, auf Dauer unerkannt unterzutauschen. Er wartete nun auf seinen Prozess.

„Erstaunlich ist ja, dass Ihr Euren Hauptkommissar noch nicht verloren habt, Stina. Darauf Prost !" Litze hob sein Bierglas an. Alle anderen stießen mit ‚Ostseewasser' an. Prosecco mit Curacao. Ein Traum in Blau.

„Ich freue mich, dass wir endlich alle mal wieder zusammen sind." York nickte erst Stina zu, dann dem XO, Dildo, Gib, Litze und seinem Ehrengast Dr. Konarwarschki mit Ehefrau. „Stina, DANKE, dass Du mir immer zur Seite gestanden hast. Ich liebe Dich ! Meinen Segelfreunden ebenfalls lieben Dank für Eure Freundschaft. Da ihr die ‚o.li' so gut in Schuss gehalten habt, steht morgen einem zünftigen Segeltörn nichts im Wege. Dr. Konarwarschki gilt ebenso mein Dank ! Sollte ich einen Hirnschaden zurück behalten haben, so ist mein Umfeld bisher so liebenswürdig und lässt sich nichts anmerken. Danke ! Bevor wir nun zum kulinarischen Teil übergehen. Markiert Euch den 28. November. Ich habe für alle Tickets: London Grammar in Hamburg im Mehr!-Thetaer. Prost !"

Wie auf ein Stichwort hin, wurden daraufhin die riesigen Steaks mit ihren Beilagen gereicht. Der begleitende Wein wurde reichlich genossen. „... Erdbeeren sind keine Beeren. Es sind Sammelnussfrüchte. Die vermeintlich rote Frucht ist nur eine Scheinfrucht. **Die Früchte im biologischen Sinn sind die kleinen grüngelben Nüsschen an der Oberfläche...**" Der XO glänzte wieder mit seinem kurzweiligen Wissen. Der Gesprächsstoff ging diese Nacht nicht aus. Der Abend endete spät in der Fusion Bar des aROSA mit Tee-Cocktails...

- - -

1. Nachtrag

Travemünde, Schleswig-Holstein
Fr-06.Okt-2017

Meldung von Travemünde Aktuell online, 09:25h:
Toter Kommissar im Fischereihafen.
Der bereits seit Sonntag 01.Oktober vermisste Hauptkommissar Rene Doni, wurde im Fischereihafen tot im Wasser treibend aufgefunden. Nach derzeitigem Erkenntnisstand ist ein Fremdverschulden auszuschließen. Die Kopfverletzung stammt offensichtlich vom Holzsteg vor seinem gemieteten Hausboot. Zuletzt lebend, wurde der Hauptkommissar beim verlassen einer Travemünder Nachtbar gesehen.

2. Nachtrag

Jörg Illmer saß bei einem Cappuccino vor dem Eiscafe Cayade und las gerade die eingehende Nachricht von Travemünde Aktuell. Von jetzt auf gleich ins AUS ! Wie schnell so etwas geht. Wie zum Beispiel Gunther Gabriel auch gerade erst Ende Juno. Niemand weiß, wann es einen trifft, aber die meisten Menschen leben so, als wenn sie unsterblich sind. Er nahm sich vor, noch bewusster als ohnehin schon zu leben. Jeder Tag ist unendlich kostbar. Unbezahlbar !

Ganz weit oben auf seiner Agenda, stand die Beschäftigung mit dem Hinduismus. Das durfte jetzt noch warten. York wischte mit dem Finger über das Display zum Button ‚Telefon'. Er tippte zweimal kurz und bekam innerhalb Sekunden eine Verbindung zur Teilnehmerin.

„Stina, ich bringe gleich Brötchen und mich mit...“

- - -